高倉屋助七

姐妃の於百

勝間源五兵衛

福岡貢

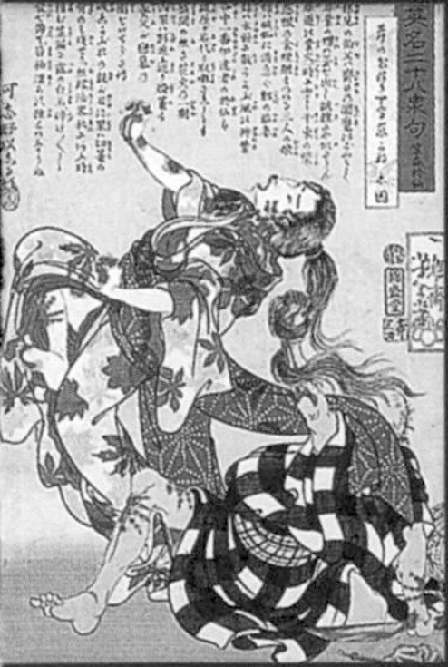
笠森於仙

英名二十八衆句

月岡芳年 筆

慶應二年 分作

版元 錦盛堂

〈中央〉奥州安達がはらひとつ家の圖

明治十八年

松井榮吉版

白井権八

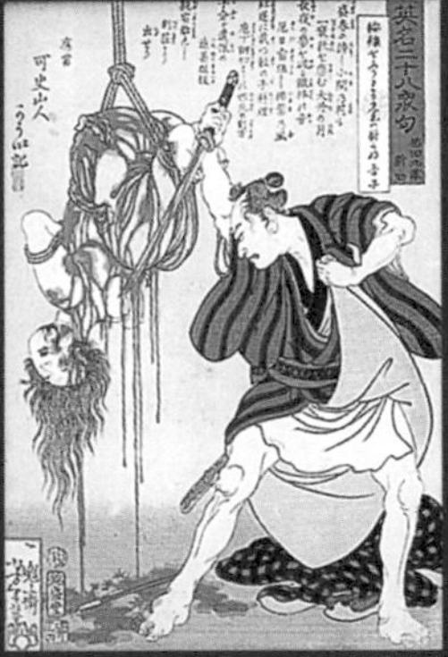
稲田九蔵新助

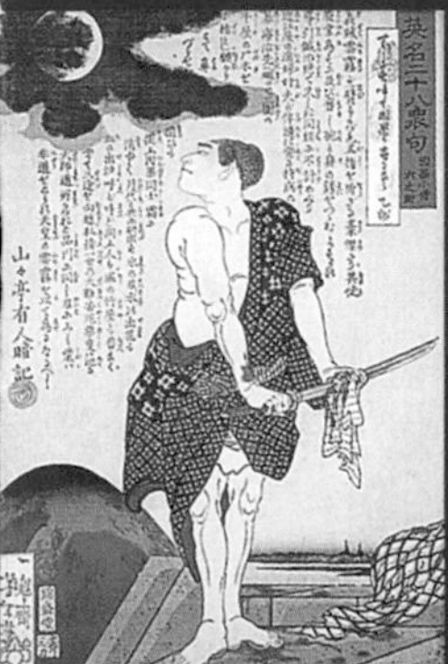
因果小僧六之助

古手屋八郎兵衛

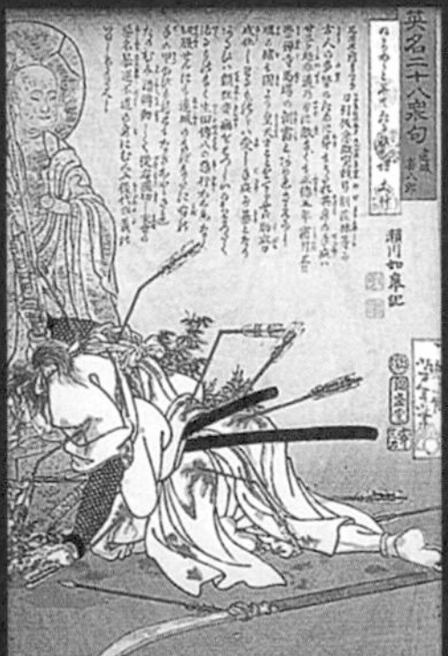
遠城喜八郎

御所五郎蔵

續 巷說百物語

こうせつひゃくものがたり

〈上〉

京極夏彥

目錄

野鐵砲——零零伍
狐者異——零陸伍
飛緣魔——壹柒伍

野鐵砲

北國深山居奇獸
逢人口吐
狀似蝙蝠之異物
掩人口目使窒息
捕其屍而食之

繪本百物語・桃山人夜話卷第肆／第參拾壹

【壹】

時值八月中旬——而且是個即使動也不動，汗依然流個不停的酷熱早上，山岡百介應邀前往武藏國多摩郡八王子千人町。

八王子距離江戶約有十里路。

說近是近，但也並非一段能輕鬆走完的路，感覺上是段不遠不近的路程。

百介是個以周遊列國、蒐集各地神怪故事為樂的怪人，因此對長途跋涉的旅途自然不陌生。但正由於習慣遠行，路途不算遠的八王子一帶反而沒來過。

只見此地氣氛恬靜。

放眼望去淨是田圃的畦道上，找不到任何供人暫避酷熱豔陽的蔽蔭之處。

在馬背上搖搖晃晃的百介，只得頻頻拭汗。

碰上這種日子，半裸的馬伕還真教人格外羨慕。

走在前頭的小廝似乎也感到酷暑難當。

雖是小廝，但畢竟也是武家末裔出身，無法作馬伕般不修邊幅的打扮。

百介並非武士，因此通常無須如此矜持。每逢大熱天，大可穿得一身清涼，要他腰上插兩把刀更讓他嫌麻煩。不過今日乃受人之邀，可無法如此隨性。

比起地上，馬背上離天更近。

因此，更是酷熱難當。

最糟的是，此時連陣風也沒有。

對方要求他火速抵達。既然如此，現在理應策馬狂奔才對。不過，百介深恐自己沒有資格如此要求。

因此只得強逼自己眺望遠景，試圖忘卻酷暑的折騰。

八王子一帶，住有一群俗稱八王子千人同心的鄉士（註1）集團。

據說這八王子千人同心，是一群平素以務農維生的半農武士集團，至今依然遵循傳統，按時操兵演練。

因此百介在心中描繪出一個百姓揮舞著鋤頭、成群武士在一旁練劍的奇妙光景。不過，看來這不過是個無稽的幻想。

放眼所及，淨是一片鄉間田園風光。

不過此處雖屬鄉間，八王子同心這些鄉下武士可是輕忽不得。

此乃幕府直屬的組織，就百介所知，歷史可是十分悠久。據說是在神君（註2）家康入主關東時，以代官頭（註3）大久保長安旗下的甲斐武田舊臣之小人頭（註4）為中心組織而成的。

這個組織原本負責維持甲斐國境之警備與治安，後來曾奉日光火之番（註5）之命，赴江戶擔任一段時日的消防工作。在設置蝦夷（註6）奉行所時，也曾奉派遠赴蝦夷之地，擔負起警備之責。

蝦夷之地，就連曾周遊列國的百介都沒去過。

因此，他們可是如假包換的——武士。

時下的武士多半是狐假虎威的紙老虎，相較之下，這種組織已是十分罕見，更難得的是，據說這八王子千人同心的組頭（註7），有不少還是學有所成的博學家。值此武家士氣低落的時代，文武雙全者更是彌足珍貴。從其中甚至不乏曾編篡日光與八王子地誌之士看來，此傳言絕非空穴來風。據說組頭旗下的同心們，也不乏通曉蘭學（註8）、醫學、海防論者。

同心山岡軍八郎亦不例外，是個通曉最新醫學知識，就鄉下同心而言，超乎常人預期的博學多聞之士。

百介此行，正是應這位軍八郎之邀。

小廝所帶來的書狀中寫著——有急事相談，懇請撥冗蒞臨。這可是百介這輩子首度應邀，連忙打理行頭步出家門，又驚訝地發現對方連馬匹都已備妥。看來事態絕不尋常。

百介心中並不平靜。

註1：定居鄉間的武士，亦泛指享有武士待遇之富農。
註2：德川家康歿後之尊稱。
註3：代官為江戶時代負責稅收與其他民事行政之地方官，代官頭意為代官之首。
註4：江戶時代於幕府與藩中負責統帥小卒之官名。
註5：江戶時代所設置的常備防火單位。
註6：即今北海道。
註7：江戶時代輔佐大名，負責處理鄉間事務之鄉下官員。
註8：即西洋學，由於當時悉數自荷蘭傳入，故此名之。

山岡軍八郎——乃百介的親哥哥。

追本溯源，百介與軍八郎，均生於某鐵砲組御先手同心（註9）之家。

只是百介在懂事前，便被送往某商家當養子，因此對持棒當差的生父毫無記憶。

由於從未被告知自己的出身，因此詳情並不清楚，但百介被送人當養子，似乎是因為家境貧困之故。但日後一家似乎仍無法擺脫困境，百介的生父只得拋開同心身分淪為浪人，在失意中與世長辭。這段時期的經緯，直到兄弟重逢時，百介才從軍八郎口中得知。

到頭來百介並沒有繼承養父的店家經營，而是過起悠閒的放浪生活；軍八郎則是踏實地努力精進，後來買下身分成為八王子同心。

大哥還真是值得景仰呀！百介總是如此認為。換作是自己，絕對沒辦法變得像大哥這般傑出。百介的筆名之所以冠山岡為姓，無非是出於對大哥的這份仰慕之情。

而不難想像，允許他冠山岡為姓的軍八郎，對百介也抱持著同樣的情感。

在軍八郎眼裡看來，自己也活不出百介這種不受限於刻板條規的逍遙。

總之，兄弟倆對彼此都抱持著難以言喻的崇敬。

雖然成長環境迥異，但兩人畢竟是繼承了同樣血脈的親兄弟。在看似剛正不阿的軍八郎心中，確確實實也有著一如百介那熱愛珍奇異事的性格。或許軍八郎對百介這種一聽聞古怪傳言便不分東西四處奔走的生活方式，同樣是欽羨不已罷。不過——

在馬背上眺望著農村的恬靜風光，百介心中其實是五味雜陳。

他在一棟看似陣屋（註10）、鋪著茅草屋頂的屋子前下了馬。

不出多久，軍八郎便兩眼圓睜地走了出來。

待認出百介後，軍八郎才一臉安心地向他低頭致意。

「請別如此多禮——請問……」

由於自己一身讓人難以聯想是同心親人的裝束，百介在他人面前不敢直呼他大哥。

「——請問是出了什麼事？」

軍八郎抬起頭來，噢、低吟了一聲。

「的確有要事相談。」

接著說道：

「是想請你勘驗——一具遺體。」

「一具遺體？」

沒錯——簡短地回答完後，軍八郎便領著百介走進屋內。

土間（註11）中央鋪有涼席，上頭覆蓋著一張草蓆，從其中露出的一雙腳看來，的確是具屍體沒錯。軍八郎吩咐左右兩旁的小廝讓出一個位子，接著便把站在門外的百介叫了進來。

「抱歉難看了點——他的死相並不自然。」

註9：鐵砲為日文鎗之舊稱，鐵砲組即為使用火繩鎗之士卒，先手則為先鋒之意。同心為江戶時代之下級官員，位階在與力之下，職責相當於庶務、警察。

註10：原指軍舍，江戶時代意指無築城之下級大名於領地內的行館，或代官等官員之辦公處。

註11：日式建築中，保留泥土地板的房間，又曰土場。

聽來——是死於他殺罷。

「在下再怎麼絞盡腦汁，都無法判斷這位同儕死因為何，也不知該如何結案。組內所有同心均為此深感困惑，完全判斷不出這具屍體是死於他殺，抑或死於意外。因此，才想到若是周遊列國、蒐集巷談風說的這位，或許見多識廣足以為在下指點迷津。」

「不過，大哥——就連精通醫術的大哥也無法判斷，小弟怎麼可能看出什麼端倪？」

這可不一定，軍八郎說道。

對百介而言，這哪有什麼不一定？大哥這種態度，不過是對自己期望過高。原因是對和自己過著截然不同生活的弟弟，多少懷抱著一點憧憬，因此才會如此抬舉自己的罷。

不過，百介也覺得他這期望也並非完全不合理，便先詢問他的死相究竟有何不自然之處。

「死因——其實是一目瞭然。」

「那麼，究竟是——？」

「你就親眼瞧瞧罷。」

軍八郎說完，便掀開了草蓆。

躺在草蓆下頭的，是一名正裝的武士。

遺體身上羽織袴、手甲、腳半（註12）一應俱全，或許有些配件略有鬆脫，但衣著依舊算是整齊，甚至沒有半點髒污。當然，屍身上也不見半道刀傷血痕。

不過——

「這……怎麼可能？」

百介看得瞠目結舌。

只見這武士的屍體嘴巴大張，兩眼圓睜，表情一臉驚愕——或者該說是驚恐。

更古怪的是他的額頭。

這武士的額頭上——

扎了一塊「石子」。

這塊石子沒有任何特殊之處，怎麼看都不過是塊隨處可見的小石子。怪的是它竟然「嵌在」死者的額頭上。

「此乃在下的同儕——濱田毅十郎殿下。遺體是在通往入山峠的小津川岸被發現的。遺體身上——」

軍八郎停頓了半晌，接著又繼續說：

「沒有其他外傷，因此應是這塊小石子致死無誤。不過，百介，這……到底是如何——嵌進去的？」

「不可能是——撞上的罷？」

這死相的確離奇。

額頭使勁撞上石子的確會受傷，倘若正好命中要害，的確也可能致命。不過，衝撞得再怎麼強，也不可能讓石子刺進額頭裡罷。

註12：羽織為和服之短外褂，袴則為和服褲裙，手甲為護腕，腳半為綁腿。

若是大石還能理解，但這卻是塊小石子，或許能傷人，但絕不可能嵌進額頭上。假使豆腐或米糠還沒話說，但要朝如蒟蒻般富彈性的人體扔上一顆圓石，並刺上去豈不是難若登天？

「在下也曾想過兇手是否用了類似投石機的東西。不過即使用了那類兇器——應該也不會變成這副模樣。」

軍八郎如此說道。

不愧是個對最新學問極有見地的博學之士，一切都講究邏輯分析。

投石機會將石彈朝上方射出，畫出拋物線飛往目標。雖然遠較徒手投擲具殺傷力，但要命中移動中的物體必定是難上加難。即使碰巧命中，理應也不至於造成這種情況。倘若石子砸到腦袋上，傷理應會在腦門上才是。

這麼看來，這名武士當時應該是配合飛石落下的角度抬頭仰望，才讓石子給砸上額頭。但通常若覺得情況不妙，理應會閃躲才是。

即使沒閃躲——

石子應該也不至於會嵌進去罷，百介說道。

不可能罷。因為這石子實在太小了，要以類似投石機的裝置命中目標，照理彈丸需要有相當程度的重量，而這塊石子未免過於輕盈。

絕無可能，軍八郎說道。

「那麼，還能想到的可能性——就是兇手曾使用火藥。」

百介這麼一說，軍八郎也雙手抱胸地回答：在下亦有同感。

「昔日亦曾看過火藥炸石，親眼目睹硬石應聲猛烈四散。旁若有人，或許真會如此喪命。不過，在遺體附近並未發現任何使用過火藥的痕跡，也不見四散的碎石。再者——」

軍八郎手指屍體的額頭說道：

「這並非一塊碎石。瞧它形狀渾圓，雖然似乎有少許燒灼的痕跡，但絕非炸裂大石所產生的碎片。」

百介也認為這說法極有道理，屍體額頭上的石子的確頗為光滑。那麼——

「撇開嵌在遺體額頭上的是塊石子不談，這種死法最合理的解釋——或許是從近距離以飛箭狙擊。」

「有理。嗯，這塊石子若曾為箭簇，那麼看來的確像是死於弓箭狙擊。倘若當時突然有個持弓盜賊從死者面前一躍而出，趁其措手不及，朝其眉間放箭……的確可能造成此種情況。」

軍八郎俯瞰著屍體說道。

如果嵌在這具嘴巴大張的屍體眉間的是一支箭簇，死相確實會——至少比起現在顯得自然得多。不過，嵌在理應插支箭簇之處的，卻是一塊小圓石。

「是否可能——這石子就是個箭簇？只是後頭的箭柄在命中後折斷或脫落——噢，現場是否有任何類似箭柄之物？」

「沒有。再者，就形狀上研判，要拿這塊石子充當箭簇，未免也太不合理。瞧它毫不銳利，雖然沒拔出來，但光從露出的部分來看，也不見任何曾被縛在箭柄上的痕跡。」

「所言甚是。」

若要以它取人性命，還不如用支普通的箭。

「憑這塊石子，再怎麼射都不可能造成這種情況罷。」

「的確不可能。看來這絕非人為，或許乃某種天然因素所致？」

「大哥的意思是——意外？」

與其說是意外，或許該說是天災罷。軍八郎說道：

「從落雷等現象可知，自然可能為人帶來種種超乎想像的怪異災害。諸如石從天降、獸身碎裂等現象，也是時有所聞——」

「大哥說的是𪕮鼠罷，果真不愧是博學多聞。此乃一種棲息於北國山中之野獸，一為人所發現，便會自碎其軀。咸信這種碎裂將召來山神之怒，因此若遇此情況，該日便不宜繼續狩獵。」

「看來山地果然多異象。那麼……」

——原來如此。

這下百介知道自己為什麼被找來了。

軍八郎期待找個外人來證明「這是個」超越人智所能理解的異象，藉此達成某種結論。

「正巧又碰上這種大熱天。」

軍八郎蹙著眉頭，將草蓆蓋回屍體上說道：

「因此，非得在今日將遺體下葬不可。再加上也得給遺族一個交代——因此在下只得趕在日落前請你來驗個屍。也沒看你是否方便，便要求你火速趕來，真是抱歉萬分。」

軍八郎再度低頭致了個歉。接著便命小廝過來帶路，將百介請進了座敷（註13）。百介誠惶誠恐地走了進去。
未料座敷竟然要比土間還來得悶熱。
原來這棟屋子裡最涼快的地方，就是稍早身處的土屋。
因此，不宜遇熱的屍體才會被停放在那裡頭。
只聽到屋外傳來陣陣蟬鳴，軍八郎緩緩問道：
「那麼，你可有什麼想法？」
「這——不知大哥可曾聽說過『鼺鼠』？」
鼺鼠？軍八郎高聲驚呼，露出了一個怪異的表情。
「你指的可是那婦孺口耳相傳的妖怪？」
「噢——可以這麼說。」
百介開始翻閱起掛在腰上的記事簿，裡頭詳細記載著他從全國各地蒐集而來的奇聞怪譚。
「鼺鼠這東西，每個地方都有不同的稱呼，江戶則稱之為飛鼠。」
鼺鼠，軍八郎複誦了一遍後問道：
「那不是獸肉販子的俗稱？」
「是的，這個字眼常用來稱呼販賣山豬或是鹿肉的販子、或烹煮這類野味的店家，有時也用來罵人，比方說，那傢伙是隻鼺鼠之類的。」

註13：日式建築中接待訪客用的和室。

「就是指人古里古怪的罷？」

「是的，有時也用來形容不該染指的女人。這種用法的語源，想必也是出自這類野味料理罷，乃衍生自通常不該吃的肉，或者經過調理後讓人無法辨明種類的肉。不過大哥，鼺鼠這種東西，其實是一種鼯鼠。」

「鼯鼠——可是那種貌似老鼠，在樹與樹之間滑翔跳躍的畜牲？」

「是的。孩童們不是常把衣服袖子拉大，戲稱自己是鼯鼠麼？他們所模仿的就是這種畜牲。」

「原來如此，模樣的確是有點像。你的意思是，鼯鼠也會化為妖怪？」

是的，百介翻閱著記事簿說道：

「日久成精的鼯鼠，名曰野襖。」

「野襖？」

「是的，意乃荒野之襖（註14）。」

「為何以荒野之襖形容？」

「噢，因為這種妖怪會在人行於荒野時，突然從眼前竄出，擋住人的去路。在理應毫無遮蔽物的山野中，這種感覺活像被紙門給擋住去路似的。這類怪事在土佐等地最常發生。筑前一帶稱此異象為塗壁，壹岐國（註15）則以塗坊稱之。由『坊』一字可見，一般公認這種現象並非單純的異象，而被認為是妖怪作祟。雖然稱呼因地而異，指的其實都是同一種東西。」

「嗯——不難想見，若視線為體型碩大的鼯鼠所阻，感覺的確像被紙門給擋住。不過那麼小的畜牲，真有可能長成這般龐然大物？」

「噢，其實並非如此。」

百介強忍著笑意回答。想不到生性嚴肅的軍八郎，對這種無稽之談竟然如此認真。

「該怎麼說呢。在這坂東一帶，野襖被認為是一種類似包巾般的東西，因此佐渡一帶以衾（註16）稱之。其實，牠體型並不龐大。」

「體型並不龐大，卻被以襖形容之——?哎，果真奇怪。完全無法想像牠是個什麼模樣。」

「小弟認為，不如把牠想像成寢具的衾。就擋人去路這點而論，的確是以襖形容較為貼切，但若聯想到鼯鼠的形狀，或許以被巾來形容較為妥當罷。也有人稱之為晚鳥或板折敷——這些稱呼則是源自對蝙蝠一類的聯想。據傳突然罩到人臉上的，就是這種東西。」

噢，軍八郎高聲說道：

「有理。雙眼被遮蔽——感覺的確如同被異物擋住去路。那麼，衾這個稱呼，也同樣是個比喻罷?指的是視線突然為異物所遮蔽，這既可以拉上紙門比擬之，亦可以罩上被巾形容之——嗯，或許這種事真有可能發生。」

軍八郎雙手抱胸，接連點了好幾次頭後，才突然抬起頭來問道：「這話題的確有趣，但和本案可有什麼關連?」

註14：襖為日式紙門。
註15：日本古國名，即今之長崎縣壹岐島。
註16：衾為被褥之意。在日文中與「襖」同音，發音皆為「ふすま」。

「有的。這野襖會貼在人臉上吸取精血，但牠其實是為一種名為貓的東西所操控。」
「貓？這指的可是穴居的貍？那麼會不會是貍、貉一類？」
詳情小弟也不大清楚，但應該就是這類畜牲——百介回答。
「不過，就大小、形狀論之，貍與鼯鼠可是大不相同。鼯鼠與蝙蝠——不，應該說是松鼠較為接近，與貍則毫無類似之處。」
「的確是如此。雖然有人將之視為同類，但鼯鼠即使日久成精，理應也不會化為貍。依小弟推測，此巷說之原意，應指野襖乃某種鼯鼠，由某種貓從旁操控。」
「操控？意指這鼯鼠是被貍給拋出去的？」
「與其說是拋出去的，或許不如說是吹出去的。」
噢，軍八郎仰天說道：
「嗯，實在難以想像。意思是，牠是像放吹箭般被吹出去的？」
「小弟也未曾親眼瞧見，不過是個全憑想像的推測。」
「那麼，飛起時速度理應極為威猛才是。」
「小弟也如此認為。從有人稱之為野翳或野鐵砲這點來看，應是極為威猛沒錯。」
「野——鐵砲？」
是的。百介點了個頭，再度翻閱起他的記事簿。
「全國各地均相傳有投擲石礫的妖怪，諸如天狗礫、或石打等。不過——」
被冠上鐵砲兩字的僅限此例，百介說道：

「蝙蝠和鼯鼠之輩頂多只能滑翔，絕不可能迅如彈丸。不過野鐵砲的速度可就相當威猛了。」

「原來這野鐵砲是如此厲害？」

「是的。小弟認為，野襖本身應為某種蓬蓬鬆鬆、會朝人臉上罩的東西。不過野鐵砲應該是藉吹射飛出去的——既然叫鐵砲，想必速度非凡。總而言之，傳言深山中的確住著這類妖怪。若真有這種能夠發射鼯鼠的畜牲，那麼這顆石子或許就是由這種東西所擊發的。」

原來如此，的確有理——軍八郎恍然大悟地說道，接著便低頭沉思了起來。

「若你所言屬實——那麼，濱田殿下就是碰上了這種妖怪？」

「如此解釋，能否給大家一個交代？」

「這可就——」

軍八郎再度陷入一陣沉思。雖然說了這麼多，但百介也並不能確信事實就是如此。不過是在想到以鐵砲擊發石子可能造成這種情況後，想起了昔日曾聽聞的野鐵砲傳說罷了。

「大哥——」

噢？軍八郎抬起了頭來。

「方才所言絕非個人杜撰，的的確確是小弟在北國所聽聞的傳說。不過……」

「怎麼了？」

「不過，也不能排除『人為致死』的可能性——」

「人為致死？意思是背後有兇手？」

「是的。若是如此，大哥就認為該出面緝兇罷？」

當然，軍八郎回答。

「其實，上官一再交代務必將此事查個水落石出。倘若殿下乃死於兇殺，這便是一件攸關八王子千人同心聲譽之大事，若無法儘速緝兇到案，嚴加懲罰，恐怕將會顏面不保——後果亦可想而知。」

「情況並非如此單純？」

沒錯，軍八郎手按太陽穴說道：

「若事情如此單純，一切還好辦。但在下的直屬上司田上大人似乎無意探究真相，反而希望事情不要對外張揚。如此一來，在下與組內同儕根本無法商議案情、放手追查。」

軍八郎蹙眉望向百介，繼續說道：

「其實，在下對維護武士的聲譽並無興趣。不過，若真有兇手，可就絕不能放任其逍遙法外。因此，由於找不到適當對象諮詢，才特地把你請來——」

果真是正義感十足的漢子。

「不過，聽了你方才那番話，在下也開始有點相信了。若北國曾有先例，那麼，就以異象導致的奇禍來歸結本案罷。看來把你請來果然是正解，容在下誠摯向你致謝。」

軍八郎再度低頭鞠躬，百介連忙勸他起身。

「大哥——可否讓小弟進一步調查這件案子？噢，遺體還是可以下葬，但由於仍有疑點尚待查清，不知可否暫緩半日……不，一日。好讓小弟做一份調書（**註17**）？」

百介似乎是發現了什麼疑點。

「暫緩一日是不成問題——」

「小弟將於明日再度來訪。在此之前，請先別對外發表任何結論。」

百介說完，便鞠躬致謝。

【貳】

火速趕回江戶後，百介也沒先返回位於京橋的家，而是直接趕往麴町，只為造訪某位不久前在旅途中結識的人物。

此人名曰小股潛又市。

小股潛並不是什麼好字眼，意為以花言巧語誆騙他人的騙徒。從這個別稱不難看出，這位名叫又市的男人是個什麼樣的人物。

從春季開始，百介耗費數月周遊越後蒐集怪談，期間曾碰上某件事，因緣際會地結識了這個小股潛。

也不知是怎麼的，百介和這個騙徒竟然臭氣相投，甚至還和他結伴返回江戶。

此人的確是個騙徒，但同時卻也是個人中豪傑。雖然精通許多在人世表層見識不到的齷齪伎倆，但並不靠它們為非作歹、四處行惡。

註17：調查記錄。

經過幾番交談，百介便深深為他的為人所著迷。

小的平日在四谷門外的念佛長屋（註18）棲身——

道別時，又市曾告知百介自己的居處。也曾說過：或許先生用不到小的，但若碰上任何需要調解的糾紛，歡迎先生隨時來訪。

——這人應該幫得上忙。

百介覺得他或許找得出解答。

大哥軍八郎生性過於嚴肅，是個只看得見人世表層的人。或許自己這個不肖的弟弟幫不上什麼忙，但若要觀察大哥看不到的地方——也就是市井生活的另一面，百介或許還能派上一點用場。這種時候，又市這樣的人可就大有幫助了。

胭紅店、木製傢具店、木屐店——他透過小店旁緊臨露天空地的木門往外眺望。

只看到好幾棟模樣相似的長屋，分不清哪一棟才是自己的目的地。再加上天色開始徐徐變暗，薄暮讓景色顯得更加渾沌紛亂，每棟長屋看起來更是大同小異。

儘管夏日白晝漫長，此刻也真的太晚了。

太陽在他四處尋找的當頭失去蹤影，突然開始下起一場夏日傍晚的驟雨。

他慌忙跑進了空地。由於這種長屋的屋頂沒有排水管，雨水便宛如瀑布般沿著木片屋頂朝空地中央傾瀉而下，這下他渾身可被淋得更溼了。雖然還是讓他找到了地方避雨，但這長屋原本就瀰漫著濃濃溼氣，再加上地面排水功能不良，只能眼看著整片空地逐漸化為水塘，為了不時將朝自己湧來的積水給踢回去，兩腳也變得更潮溼了。

眼看這場雨一時半刻大概停不了，他只得硬著頭皮跨出避雨處。這時背後的門突然開了。

「噢——是您？」

「噢，這不是考物（註19）的作家先生麼？」

原來開門者就是又市。

他身穿白麻布衣，佩戴手甲腳半，頭纏白木棉的修行者頭巾。胸前還掛著一只偈箱，一身和百介在旅途中初次見到他時完全相同的打扮。又市平日四處行走揮撒箱中符咒營生，表面上是個驅魔祈福的御行師。

「瞧先生渾身都溼透了，快進來罷！」

說完便將百介拉進了屋內。

「這、這兒就是——又市先生的——？」

「不，這兒是我家。」

原來座敷裡還坐著一位個頭矮小的老人。

「噢，您不就是備中（註20）屋——不，事觸（註21）治平麼？」

事觸治平是個常與又市為伍的小惡棍，據說是個易容高手。好比他現在的模樣，就和百介初

註18：意指供人租住的大雜院。
註19：供兒童解悶的謎題。
註20：古日本國名，位於今日岡山縣西部。
註21：原文作「事觸れ」，為宣揚鹿島神宮之神諭者。

次見到他時截然不同。
「別來無恙？上回承蒙先生照顧了。不把身子擦乾可是會著涼的，快拿條手巾擦擦罷。」
治平以粗魯的口吻說道。
「噢，小弟上這兒來……」
看他們倆湊在一塊兒，鐵定又在策劃什麼計謀了。
「並沒有偷聽兩位在談些什麼的意思。」
「噢，這沒啥好在意的。反正上次辦那樁案子時，已經讓作家先生知道我的真正身分了。現在我們倆正在商討上甲府處理一樁案子的細節。倒是作家先生，可是來找這小股潛的？」
「是的，小弟有件事打算找又市先生研商。」
研商？什麼事這麼嚴重？又市笑著說道：
「那麼，就等咱們甲府這樁案子結了，手頭沒事時再說罷。」
「這、這、這件事可等不得。因此，今日只想稍稍借重您的智慧——」
「先生真是太抬舉咱們了，咱們倆不過是出身卑微的小人物。尤其是這個老頭，先生瞧他生得這副德行，活像個吃人妖怪哩！」
少囉唆！治平回嘴道。
「總之，快把腳擦乾進來罷。咱們和作家先生也算有緣，有什麼事就說來聽聽罷。喂，阿又，瞧你愣愣地擋在那兒，作家先生哪敢上來？先生，請都請了，就快上來罷。」
雖然生得一臉兇相，但這個名叫治平的老人看來也不是什麼壞人。也不知是何故，百介對自己識人的能力倒是頗有自信。
這屋內除了被褥，幾乎可說是空無一物。
教人看不出屋主平日靠什麼樣的活兒營生。
百介走進座敷中，稍稍打了聲招呼後，便單刀直入地切入話題：
「可有什麼投擲小石子的方法，能讓小石子以猛烈的速度——嵌進人的身上？」
「什麼？」
治平聽了納悶不已，在一張皺紋滿布的國字臉上擠出了更多皺紋。但又市則是笑著回答：
「這哪有什麼不可能的？老頭，你說對罷？」
是呀，治平一臉陰沉地回答。
「這……如何能辦到？」
「利用鐵砲呀！」
「鐵砲？」
鐵砲可以擊石？
「先生的意思是，以石子取代彈丸擊發？」
可以這麼說，治平回答。
「也就是——把石子塞進類似種子島還是短筒（**註22**）的東西裡擊發？這麼做，鐵砲豈不是會

註22：種子島為火繩鎗之俗稱，短筒則為手鎗之舊稱。

炸裂？」

「若是普通的鐵砲，應該會炸裂沒錯。」

「所以使用的不會是普通的鐵砲？」

「雖不知道先生問這個做什麼，但我就把自己所知的告訴先生罷。先生應該也知道，鐵砲是從外國傳入的罷？」

治平突然轉換態度問道。

「噢，因此才被稱為種子島罷？據說是在天文十二年，葡萄牙人漂流到了大隅（註23）的種子島，所謂的火繩鎗乃由此傳入——」

「嗯，正是如此。時下國產的鐵砲，就是以當時的火繩鎗為基礎鍛造的，形狀至今仍沒什麼改變。不過呀，先生，鐵砲傳入國內的時間其實更早。」

「是麼？確曾聽聞年代可以追溯到更早。否則直到有異國人漂流而至才知道有這種東西，未免也奇怪了點。有人說文龜二年曾有南蠻（註24）引進，也有人說武田家曾於大永年間獲贈，眾說紛紜，莫衷一是。」

「比這些更早。」

治平說道。

這可就沒聽說過了。

「鐵砲並非只有南蠻人才有。可別忘了火藥可是唐土（註25）的人所發明的。」

「這……意思是？」

「只要有了火藥，這種器械誰都做得出來。打從戰國亂世以前，海盜就已頻繁往返大陸。據說早在當時，他們就曾引進過類似鐵砲的東西。當然，這種器械和種子島那邊的不同，製工可能較為粗劣——」

「這種鐵砲能擊發石子？」

「這東西有人稱之為石弓，有人稱之為石鎗，名稱林林總總，但總而言之就是鐵砲。」

「這……沒想到比德川之世還早的東西，竟然能殘存至今。」

我說先生呀，治平向前探出矮小的身軀說道：

「掃帚和木屐都是幕府時代前就有了，而且還演變得愈來愈好用，不是麼？」

「話雖如此，不過是因為那些東西乃生活當中常用的工具之故，不同於這種已經失傳了的技術——」

只見治平那張國字臉上的雙頰鬆懈了下來。

「難道它——尚未失傳？」

「別忘了，咱們江戶的工匠可是有兩下子的，萬萬不可小看吾國的技術。任何東西這些人都做得出來，而且還會稍加改良，讓東西用起來更順手。不過，先生可知道為什麼種子島一直沒做

註23：日本古國名，範圍包括今鹿兒島東部與近鄰海上的大隅、奄美諸島。
註24：意指西洋人。
註25：意指今中國大陸。

過什麼改良？」

「這……」

這可想不出任何解釋。

「就讓我來告訴先生罷。那是因為種子島原本的結構就很理想，只需依樣複製就成了。要把這東西做好很簡單，只需將之分解，複製出相同的零件，再進行組裝即可。鐵砲是打仗時用的，所以就和刀一樣，數量不夠多可派不上什麼用場，因此應力求構造簡單、易於大量製造。時下也有無須使用火繩的鐵砲，但極難瞄準，因此無法普及。不過，石鎗打從戰爭開始前就有了，而且多為盜賊所用，因此發展截然不同。」

「盜、盜賊——？」

嘿嘿嘿，治平笑著說道：

「雖說是盜賊，可不是一般的土匪。這些傢伙自古便和大陸進行交易，也就是海盜。有些甚至狂妄到以水師還什麼的自居哪——」

這下治平瞇起雙眼凝視起百介說道：

「——若真有人代代保留了這些傢伙所使用的石鎗技術，並屢經改良承襲至今，其實也不足為奇。」

呵呵，又市笑著問：

「怎麼啦？瞧作家先生一臉嗅到臭鼬放屁的神情。」

「噢，沒、沒什麼。」

百介完全無法分辨這到底是事實、還是純屬無稽。雖然乍聽之下頗有道理，但仔細想想，依然感覺頗為荒誕。

「別看這個老頭生得這副德行，昔日也曾幹過盜賊呢！」

「噢？」

阿又，閉嘴——治平狠狠瞪了又市一眼。

「怕個什麼勁兒？他可是值得信賴的，即使『親人裡有人當差』，也不會把咱們給賣了。」

又市說道。百介只感到心臟猛跳個不停。

「倒是你這個神棍兒，明明十幾年前就金盆洗手了，怎麼還忘不了這種出賣、被出賣的土匪把戲——？」

治平忿忿不平地「哼」了一聲。

「作家先生，這個叫事觸治平的傢伙，原本出身鹿島。事觸這個字眼原本的意思，是四處傳佈鹿島神宮的神諭者之意。但這傢伙也不知是怎的——」

「阿又，閉嘴！」

「怕個什麼勁兒嘛！總而言之，雖然這種勾當通常是女人幹的，但這老頭從前也頗擅長進店裡拉攏人加入盜匪，曾是個享譽圈內的大詬客。論詐欺，這老頭可是無能人敵。」

別再提什麼當年勇啦，治平把腦袋別向一旁說道。

「喂，不把話說清楚，人家怎麼可能明白？當年將這老頭調教成天下第一大詬客的，是個海盜出身的土匪頭子，名曰野鐵砲島藏。」

「野、野鐵砲！」

百介不禁失聲大喊，覺得自己的心事彷彿早教他給看穿了。

「這個野鐵砲，指的就是這老頭方才提到的那擊發石子的鐵砲。據說島藏這個人出身壹岐（註26），年輕時在玄界灘曾是個名震一時的惡棍。也有傳言他曾在長崎學習蘭學。後來他一路流浪，最後當上了瀨戶內的海盜頭子。就是在這個地方——他接觸到了世代傳承下來的石鎗，並略加改良，使其更易於使用。因其為野鍛冶（註27）所造，故名野鐵砲。當時各方曾視其為一大威脅。」

「一大威脅？」

沒錯，又市說道。

他說這番話到底是什麼用意？著實讓百介百思不得其解。

但又市繼續說道：

「雖不知這石鎗的構造如何，但打起來卻比種子島要來得精準。也不知是火藥的配方有哪裡特別，還是有什麼特殊的裝置，總之據說幾乎是百發百中。擊發的是普通的石子，而且還是自家土製，想做多少支就能做多少支。百藏老大不愧是個大人物，因此據說他從沒用這石鎗殺過人。不過他畢竟不是大名（註28），其他沒幾個盜賊膽敢擁鎗自重，因此廣為外人所畏懼——」

這也是理所當然嘛，手上有這種東西——

——有這種東西，誰不怕呢？

「這、這種鎗如今——」

「如今已不復存在。」

治平斬釘截鐵地回答道。

「不復存在？」

「野鐵砲老大所鍛造的石鎗已不復存在。不過一如我方才所言，也不能保證沒有其他人仍在製造類似的東西。畢竟這種擊發石子的鐵砲自古便有，若有其他哪個人像老大一樣將其略施改良，造出更易於使用的鐵砲，其實也不足為奇。」

原來如此——這說法也不無道理。

這名叫島藏的盜賊所製作的器械，原本也是根據傳統的石鐵砲略加改良而成的，因此假使其參考的原型仍在——姑且不論打起來是否精準，要想擊發石子也不無可能。

好了，又市說道。

「噢？」

「作家先生，這傢伙已經一字不留地把該說的都說了，不知作家先生是否也能表明來意？」

「好罷——」

這下，他也無法再隱瞞了。

註26：古日本國名，涵蓋長崎縣壹岐島全域。

註27：意指於戶外鍛造。

註28：江戶時代直屬於將軍，支配領土超過一萬石的武士。

百介只得全盤道出。要想瞞過這神通廣大的小股潛，憑百介的這一點道行大概還早了十年、二十年。

不過。

隨著百介說明來意，並細述整個事件經緯，兩個惡棍的表情也變得愈來愈僵硬。尤其是事觸治平的神色變化更是明顯，到頭來圓睜的雙眼都布滿血絲，雙唇也失去了血色。

待百介把話說完時，雨已經停了，屋內也變得一片漆黑。

屋外傳來陣陣蛙鳴。

「那個——」

黑暗中，只聽到治平問道：

「那遇害的同心，名字是否叫濱田毅十郎？」

是的，百介回答。

「那麼，先生大哥的上官名為——？」

他在黑暗中再次問道。

記得大哥說——他姓田上。

他這麼一回答，黑暗中的治平便沉默了下來。百介還感覺到他正在悄悄打顫。

接著，似乎聽到兩個惡棍在黑暗中——而且是悄聲地討論些什麼。

百介完全聽不出他倆在談些什麼。

蛙鳴聲中，依稀夾雜著自己血液的流動聲。此時百介開始徐徐感覺到一股似乎踏上了不歸路

的恐懼。

——他深感自己生息的世界和兩人有著天差地別。

百介活得的確不似軍八郎般拘謹，總是四處放浪、隨波逐流地遊戲人間，但和潛藏在眼前這片黑暗中的兩人仍是大不相同。他們的人生和軍八郎正好相反——甚至可說是沉浸在完全的黑暗當中，絕不是百介這種半調子應該往來的對象。

百介之所以深受又市吸引，和百介對軍八郎的仰慕之情或許有幾分相似。若將軍八郎比擬為白晝，則又市就是黑夜。而兩頭都不是的百介，不僅對晝夜抱有同等的憧憬，其中或許還摻雜著幾分嫉妒罷。

百介嚥下了一口唾液。

他懷疑自己是否將晝夜給連繫在一起，也納悶這麼做會不會犯了什麼禁忌——

此時，黑暗突然蠢動了起來。

只聽到有誰將門拉開，霎時——

突然有人點亮了一只燈籠，只見修行者頭巾在朦朧中浮現，原來點燈的是又市。又市提著燈籠的影子，頓時塞滿了整個屋內。

「又——又市先生——」

影子晃動了一下。

屋內已經不見治平的身影。

「作家先生——」

「噢，什麼事？」

「得感謝先生告知咱們這個消息。看來，咱們和作家先生果真是有緣哪！」

「是——是麼？」

——他這番話是什麼意思？

又市緩緩轉過身來。

影子也隨之轉了一圈。

「一如作家先生所發現的——取了那同心性命的，應該就是野鐵砲沒錯。」

又市說道。

究竟他所指的是妖怪的野鐵砲，還是盜賊的野鐵砲——這點百介當然無法判斷。不過他還沒來得及問，又市又繼續說道：

「依小的看來，明兒個就要展開一場搜捕野鐵砲的行動了。」

「搜捕——？」

——他怎麼會知道？

「那麼，他們所要搜捕的野鐵砲是……？」

「不過對方是個妖怪，靠這種半調子的招式哪對付得了牠。」

聽來應該是妖怪的野鐵砲了——似乎是猜到了百介會如此判斷，又市繼續說道：

「倒是有個方法可以預防野鐵砲襲擊。只要在懷中放一種名曰卷耳的草。如此一來，這隻貓就無法吹出野襖了。倘若臉被野襖給罩住了，靠刀刃是割不開的，但若以染有鐵漿（註29）的牙，便能輕而易舉地將牠咬破。不過，卷耳這種草不易取得；要武家人士塗抹鐵漿，亦是強人所難——因此……」

又市從偈箱中取出一張符咒，遞向百介說道：

「此乃能燒退妖魔的陀羅尼咒，請把它交給作家先生的大哥。只要把這張符朝肩頭上貼——應該就能倖免於難。」

又市說完，便「鈴」地搖了一聲鈴。

【參】

翌朝——百介也沒找到答案，便動身前往八王子。雖然仍做不出結論，但既然都已經聽了這麼多，也不能坐視不管。再加上找不到推托不去的理由，因此只得二度造訪軍八郎，並將符咒交給他。

迎接百介時，軍八郎一臉古怪神色。

教人驚訝的是，他們還真的展開了搜捕行動。

昨日百介離開後，軍八郎隨即前往上官田上兵部的宅邸，向他稟報了山怪野鐵砲的傳言，並表示：

註29：又名御齒黑，江戶時代已婚婦女有以此染黑牙齒的習俗。

「由於死因仍待詳細調查，尚需一日準備調書——」
據說也不知何故，田上當時臉色鐵青地說了：
「若真有這種妖怪，可不能任其繼續撒野。山中亦有民居，若任其危害百姓，勢必損及八王子千人同心之聲譽。宜立刻準備進行搜捕，及早捕獲處分之——」
一如其名，千人同心乃以旗本的千人頭（註30）為首，旗下有組頭十名，每組均有百名同心，合計千人的組織，由各組輪流執行不同的勤務。
田上並非組頭，僅官拜奉行所（註31）之頭號同心，帶領的是含死去的濱田與軍八郎等約十名下屬，每位同心又各率一名小廝，因此共有約二十人參加本次的搜捕行動。
根據軍八郎所言，這次行動似乎「未曾知會」組頭。
「對付妖怪也不必急著邀功，不過田上大人對這案子的態度實在奇怪。雖然亟欲為部下報仇雪恨的心情是可以理解——」
綁上了襷（註32）並撩起外襟往腰上掖的軍八郎說道。
百介將昨晚又市所言陳述了一遍，並將符咒交給了他。只見軍八郎面不改色地收下了符咒。果真是個表裡如一的人。看他這樣子，彷彿以為百介要求暫緩一天，全都是出於關心，只為替他求得這張符咒似的。看在百介眼裡雖然有點慶幸，但多少也略感心虛——
軍八郎綁上鉢卷（註33），並將符咒往胸襟一插，便帶著小廝往山野出發了。雖然百介的任務已經完成，但並不想這麼早離開。只是實在不敢要求同行，便留在宿舍裡。反正縱使堅持要去，同心能幹的活，他是一樣都幹不來。

到頭來，百介只能獨自留在屋內，為自己的大哥看管官舍。

這官舍與其說是武士宅邸，其實和農家還比較接近。即使如此，比起左門殿町周邊的御先手同心官舍，這兒可是寬敞得多了。

由於軍八郎尚未成家，因此伙食悉數委託鄰近百姓的妻女等代為料理。除此之外，還有一名男僕負責料理伙食以外的身邊雜務。不過，這名男僕其實是個年事已高的老人，雖然耳朵似乎聽不大清楚，辦起事來可是十分機敏。據說年輕時還曾為捕快持過十手（**註34**），看來這個名曰太助的男僕，可能曾在官府內當過隨從什麼的。

和這個曾任隨從的老人聊了一段不投緣的話後，百介又吃了點醃蘿蔔，時間不知不覺就過了正午。

今天不似昨日炎熱，大概是有風的緣故罷。

百介從緣側（**註35**）走進庭園，使勁伸了個懶腰。

註30：江戶時代俸祿低於一萬石的將軍直屬家臣，千人頭意為千人之首。

註31：江戶時代設於各大主要城市，負責掌管市里行政之機關。

註32：工作或戰鬥時為掛起長袖，而斜繫兩肩並於背後交叉的帶子。

註33：日式頭巾。

註34：江戶時代捕吏所持的鐵棍，長三十公分至一公尺，握柄上端有一個L字形的鉤，末端飾以流蘇，用來戳刺、揮打，並可阻擋對手攻擊。

註35：日式建築外沿類似騎樓的走廊。

遼闊的景色給人一股開放感。

整個江戶都是平的，低矮的建築物雜亂群聚在一塊過於平坦的土地上，景色當然不會太好看。再加上朱引（註36）以內的排水效果實在太差。

有了周遊列國的經驗，他才領悟到江戶原本是個不適人居的地方。大家不過是強忍著一切惡劣條件，將其整理成一個能住人的地方罷了。而且還強忍著一切不便，讓這塊地方擠滿這麼多居民，造成了更多不良的影響。但大家還是學會視而不見、刻苦忍耐、或一笑置之地繼續把日子過下去。

這就是江戶給他的觀感。

相較之下，八王子一帶有著成群山巒。

還有田圃、屋舍、以及河川點綴其間。

適度的抑揚頓挫，教人看了心曠神怡。

在山中久了，或許真會忘了品味山中生活的樂趣。原因是一旦習慣山中生活，對山岳本身的美將會視若無睹。住在海邊也是同樣道理。而在江戶，唯一能看到的山只有富士山一座，河川則多為水道溝渠，生活在一片平坦中，讓大家都錯過了諸多美景。

——不分晝夜，都是同樣無趣。

百介感嘆道。

眺望著遠方山巒。

暫時忘卻心中煩惱。

就在此時。
遠方傳來了怪異聲響。
也見山鳥伴隨著聲響成群飛起。
「這是怎麼回事？」
太助似乎也發現情況有異。
只見年邁的他步履蹣跚地走進庭園，以手遮陽朝遠方眺望。
「哎呀，看來事態不妙。可否請先生在此留守片刻？不知主人會不會出了什麼事，我得過去瞧瞧。」
男僕說道。
也不知道他這麼說可有什麼根據。只見老人撩起衣擺，踉踉蹌蹌地跑了出去。即使真有什麼事，看他這副德行應該也幫不了什麼忙，只會礙事而已罷不過。
情況看來的確不妙。
而且——還真教那老人給說中了。
不出半刻，便聽到一陣嘈雜聲從屋外傳來。
沒想到，出門進行搜捕的所有成員，悉數「遭到妖怪襲擊」。

註36：原文作「朱引き」，江戶時代為區別府內、府外所畫的紅線。

只見參加搜捕行動的一行人，個個踏著比方才的老人還踉蹌的步伐，從山的那頭回來了。不只是同心，就連小廝都像是喝醉了似的，個個東倒西歪、跌跌撞撞地走回來。

其中唯有兩人例外。

一個就是——軍八郎。

另一個則是這次搜捕行動的總指揮，也就是田上兵部。

只見軍八郎不同於其他同儕，依然步伐穩健，肩頭還扛著一個看似大型野獸死屍的東西。

至於田上兵部——

則是被四名小廝給扛回來的。

一眼就能看出他並非神智不清，也不是雙腿發軟。只見他兩肩和雙腿都給人扛著，打大老遠就看得出田上兵部已經死了。

而且他的額頭上——

還嵌著一塊石子。

踉踉蹌蹌地把田上扛回來的小廝們，謹慎地將遺骸放到了事先鋪好的涼席上。軍八郎朝著遺骸默禱了半晌，接著便將扛在肩上的獸屍擺到了田上身旁。百介發現這是一隻體型龐大的貍，脖子上插著一把懷劍。

原來——這就是野鐵砲呀。

百介不由得跑了過去，仔細地觀察起這妖怪的模樣。看起來的確像隻日久成精的貍——也就是所謂的貒。

「大哥——」
百介抬起頭來，只見軍八郎深深吐了一口氣說道：
「百介，多虧有你相助，在下才能倖免於難。」
說完又以兩手拍了拍百介的肩膀。
「這、這麼說來，大哥一行真的碰上了——？」
「沒錯，在下一行人果真碰上了那野鐵砲。你方才也瞧見了——大夥兒都被罩住了臉、吸取了精氣。倘若沒有它，在下想必也無可倖免。」
軍八郎指著那張陀羅尼符咒說道。
「被、被罩住了臉？大家真的都——讓野襖給罩住了臉？」
「沒錯，在下也被罩住了。」
「真、真的麼？」
說老實話，百介還是不大相信。
「那東西果真是鼯鼠？」
「感覺似乎是一種柔軟的毛皮——就這麼突然從背後朝咱們頭上罩。不過，也不知是怎麼的——噢，或許是這張符咒果真靈驗，罩住在下臉上的野襖沒多久就脫落了。如果再久一點，或許在下早就窒息了。不過，當時在下的小廝已經失去神智，倒在身旁了。趕緊將他弄醒後，在下連忙四處巡視，但只見為時已晚，其他同儕均已遇襲。最遺憾的是——」
軍八郎轉頭望向田上的遺體。

「想必田上大人曾與此山怪對峙，在一番英勇的纏鬥後與其同歸於盡——」

早知如此，真該把這張符咒交給田上大人才是——軍八郎說道。

「不過，大哥。」

「不，田上大人想必是避開了飛來的野襖，才能到上頭與這野鐵砲對決的吧。」

軍八郎低頭俯視起貍屍。

「這妖怪的屍體，是在距離田上兵部遺體約二間（**註37**）處找到的。」

軍八郎彎下腰，指著這隻貍的頸子說道：

「此懷劍乃田上兵部所有。瞧牠上頭不見其他外傷，看來一定是死於田上大人之手。依在下所見，這野鐵砲應是在發現自己吹出去的野襖沒有命中，準備擊發一顆石子的那一剎那——被田上大人以懷劍刺進要害，一命嗚呼的罷。」

不管怎麼看，這都不過是一隻貍。

雖然就體型大小而言，這隻貍的確不尋常，但就百介看來，這應該不會是隻能擊發石子、吹出野襖的妖怪。畜牲終究是畜牲，不管活多久、長多大，在百介看來，這完全不像隻身懷妖力的怪物。

在四處雲遊期間聽到愈多這種故事，愈是讓百介有種體認，那就是若真有超越人智所能理解的妖怪，理應也不是這種具有實體的東西。

從曾幻化為人的貍身上剝下的皮、從曾吃過十個人的大鼬身上剝下的皮，這類東西百介已經見識過好幾次，但看在他的眼裡，這一切都不足採信——怎麼看都像是造假的。畢竟獸皮不過是獸皮，屍骸不過是屍骸，死了哪還能證明牠曾有什麼妖力？

眼前這隻貍的屍骸也是如此。雖然是隻令人訝異的龐然大物，但從牠身上就是感覺不到任何神祕的法力。

難道這真的就是那妖怪？

不過，軍八郎可是深信不疑。

「想必濱田殿下遇害時也是這種情況罷。雖然他精通武藝，但碰上的畢竟是隻妖怪，在毫無防備的情況下遭到突襲，當然沒有任何勝算。不過畜牲畢竟是畜牲，碰上勤修武藝不輟的田上大人的反擊，最後還是賠上了性命——可惜田上兵部也與其同歸於盡了。畢竟碰上的是法力強大、千年成精的妖魔，對其底細缺乏了解，終究無法全身而退。若是聽了百介友人的報告，想必大人理應也能躲過這個劫數才是。在下能平安歸來，也真該好好感謝那位友人相助呀！」

說完，軍八郎再度心懷感激地摸了摸又市贈與的符咒。

那小股潛的符咒果真靈驗——？即使事實證明似乎真是如此，百介對此還是頗為存疑。

不過，若只是軍八郎一人遭襲，事情還不難解釋，但九名精壯的同心和十名小廝，如今都經驗了這件怪事——看來他們碰上的還真是這叫做野襖的妖怪。而軍八郎因攜帶符咒得以倖免也是事實。

這下不信也不成了。

註37：江戶時代的測量單位，二間約等於三．六公尺。

就在此時——

組頭佐野有齋手持大刀趕到現場。

親眼目睹現場的奇態，這統率千人同心中的百人、官拜三十俵一人扶持（註38）的組頭一時也驚訝得說不出話來。但在聽到軍八郎等九名同心、十名小廝、以及百介的證言後，原本毫不信邪的組頭也不得不相信這妖獸果真存在。

——這場野鐵砲事件就此落幕。

【肆】

當晚。

百介應軍八郎之請，在此暫住一宿。

理由是需要借助百介的知識製作調書。由於其他同心皆因頭痛或暈眩無法值勤，組頭只得命令毫髮無傷的軍八郎儘速提出詳細的調書。

即使碰上的是妖獸，但任憑一匹畜牲愚弄，畢竟有損武家顏面——因此，軍八郎以外的同心們，均須等候上級發落。

唯有軍八郎無須接受任何懲處。

但他對這處分似乎甚感不服。

畢竟他也和大家一同遭到妖怪襲擊，也認為出擊前請託神佛，對武士而言乃卑怯之舉——

再加上取了妖怪性命的是田上，軍八郎認為自己充其量不過是安然歸返，並沒有立下任何汗馬功勞，因此不斷重申自己理應接受和大家相同的懲處。但上級並沒有採納他的異議。

組頭的判斷似乎是——田上之所以能擊斃野鐵砲，乃是由於軍八郎於事前曾報告關於野鐵砲的傳言。如此說來，軍八郎也並非全無功勞。

而組頭也認為在與貍妖對峙之前請求神佛加護，並非卑怯之舉，而是武家應修得的有備無患之德。至於軍八郎以外的同心必須接受懲處，是因為即使無神符靈咒可依賴，平日若精於修煉，武藝理應也等同於神威佛功。此次無法竟功，乃其他同心鍛鍊不精之故。

而殉職的田上兵部，未經可許擅自入山搜捕，而且不出兩下子便為妖獸所殺，雖死但也應追究責任。只是此事乃因為手下同心報仇而起，雖與對手同歸於盡，但畢竟還是解決了妖物。最後判定不問其罪，家屬也無須接受任何懲罰。

結果——軍八郎因這起事件獲得表揚。

不消說，百介自然成了他的恩人。

當晚，近鄰百姓、同心同儕、與地方鄉士紛紛前來祝賀，聽完一行人擊斃妖怪的始末，才心滿意足地離去。

他也將百介這位親弟弟正式地介紹給大家，讓他有幸「吃遍」大餐、「飲遍」美酒。來訪的

註38：俵為武士當作薪水領取的玄米的單位，一石為二．五俵。扶持則為其扶養家屬或家臣所發放的津貼。一人扶持意指家中另有一人，每月可領取三合至五合米的津貼。

同心們笑著搔弄他這個古怪弟弟的腦袋，百姓們也紛紛尊稱他為先生，教他聽得頗難為情。

大夥兒鬧到了午夜過後始離去，這下才找到時間撰寫調書。

抱歉，給你添麻煩了。軍八郎向弟弟道了好幾回歉。

百介的心境則是五味雜陳。

養母早逝，養父的生意也有掌櫃管理，在喜好風流韻事的歷代祖宗所留下的古今文書中長大的百介，完全缺乏與血親相處的經驗。因此，百介此刻心中頓時感覺尷尬、親切雜陳，實難以筆墨形容。

夜色愈來愈深，不知是蟾蜍還是青蛙也鳴叫得益發嘈雜。不同於江戶蛙鳴的含蓄，這裡的蛙類叫起來毫不留情。由於時值盛夏，屋內門戶悉數大開，唯一的遮蔽物大概僅剩這頂罩著兩人的蚊帳，完全無法阻隔屋外傳來的嘈雜。

軍八郎將調書大致準備妥當，已是子時過後。

就在此時。

蛙鳴戛然而止。

周遭陷入一片沉寂。

黑暗中倏地冒出一盞燈籠火光。

鈴。

同時還傳來一聲鈴響。

「有東西來了──？」

鈴。

突然，庭園裡浮現一團白影。

「御行奉為——」

這嗓音是……

百介定睛朝白影凝視。

「大膽妖孽——是來報今日之仇的麼？」

「只是有事須與您相談——」

「什麼？來者是何許人？明知此處為八王子同心山岡軍八郎的官舍，還膽敢登門造次！」

軍八郎說道，一把握起了壁龕上的大刀。

這下百介終於弄清楚是怎麼回事了。

來者乃……

——又市。

「噢——大哥，且別衝動。這位就是……」

百介死命拉著軍八郎的衣袖制止道：

「這位就是親手繪製小弟今早交給大哥的陀羅尼護符、法力高強的御行先生呀！」

「此、此話當真？」

那張陀羅尼符咒仍在壁龕中，被供奉在大刀後方的三方（註39）上頭。鈴。

軍八郎連忙放下大刀，面向庭園說道：

「請問，方才家弟所言是否屬實？若果真如此，先生可就是在下的恩人了。懇請寬恕在下的無禮。」

軍八郎畢恭畢敬地行了個禮說道。

不過隔著蚊帳，一身白裝束的又市看起來一片朦朧，彷彿眼前的人影不過是跑馬燈，而非真正的人。

跑馬燈般的男人——又市回道：

「該致歉的應該是小的。值此時此刻打此處現身，遭人錯認為妖魔之輩亦是莫可奈何，理應是在下向大爺磕頭請罪才是。但一如大爺所見，小的不過是一介以乞討維生之御行，如此身分，如此裝扮，實不敢在光天化日之下造訪武家宅邸，更遑論打正門而入。因此，還請大爺饒恕小的這般無禮之舉——」

軍八郎抬起頭來望向百介。

也不知何故，只見百介點了個頭。

「不過，御行殿下。無論您裝扮是否體面，託御行殿下賜予在下的護身符之福，在下方得以自妖怪魔掌中全身而退。因此，為酬謝此救命之恩，還請進來接受在下款待。」

請大爺不必客氣，又市說道。

「先前——百介先生所言，其實乃半分為虛，半分為實。」
「您這話……是什麼意思？」
「那張陀羅尼咒確為小的所繪。但充其量不過是碎紙一張，毫無法力可言——」
「但、但是——」
軍八郎慌忙望向百介。
只是，同樣一頭霧水的百介也啞口無言。
「請問，您的意思是……」
「小的此行——正是為了說明此事而來。」
「說明——？」
「是的。」
又市彬彬有禮地回答。
「若依往常慣例，這齣戲理應就此落幕。然而，本案事關百介先生的親兄弟，而且，若百介先生未曾通報小的，此事本將不會發生。再者——」
又市低頭行禮說道：
「曾聞同心軍八郎為人剛正不阿、嫉惡如仇，如此豪傑，時下已是彌足珍貴。因此，小的認為本案萬萬不可含糊帶過，甘冒遭大爺手刃之險，前來交代清楚。」

註39：供奉神佛或為貴族獻食時使用的木製方盤，下方墊高的底座於前、左、右三面有孔，又名三寶。

「甘冒遭手刃之險——如此嚴重，可不能置若罔聞。」
「那麼，就請大爺聽小的交代清楚。」
「當然，在下願洗耳恭聽。」
軍八郎說完便坐正了身子。
此時，隨著一陣沙沙聲響。
兩個人影出現在又市身旁。
其中一個是事觸治平，另一個則是個比治平個頭更小的老人。
「小的名曰治平。旁邊這位老者名曰島藏，又名野鐵砲。」
——原來他就是野鐵砲島藏。
老人擠出一臉皺紋，慢吞吞地介紹道：
「如大爺所見，雖然如今是年過八十的耄齡，但這位就是直到十二年前為止，乃是於坂東一帶肆虐的盜賊，曾貴為蝙蝠組的頭目。」
「什麼——！」
軍八郎的雙頰開始痙攣了起來。百介也看得出他十分緊張。治平伸手制止道：
「小的知道這其中有些誤會，請大爺保持鎮靜。小的昔日也曾為蝙蝠組的黨羽，聽命於島藏頭目。即使早已金盆洗手，但畢竟曾為盜人，如今膽敢在當差者面前表明身分，乃做過相當覺悟，保證絕不脫逃。因此，懇請大爺息怒——靜靜聽小的把話說完。」
「好罷。」

軍八郎嚥下怒氣說道。

「蝙蝠組原為於瀨戶內一帶活動的海盜，平時沿海岸北上，登陸後於內陸建立據點，幹了一陣子入夜後的盜匪勾當，再回到船上繼續航行，遷往下一個港口，就這麼一路遷徙到了常陸，最後進入坂東落地生根。由於有時在海上，有時在山中，屬性難分，故以蝙蝠為名。」

——屬性難分。

這豈不是和我一樣？百介自忖道。

「雖說盜匪之徒悉數遊走法外，即使講求盜亦有道，也絕非善類。但就此點而言，島藏頭目的仁德可就值得欽佩了。不僅絕不傷人，絕不砸店，錢也不會悉數搶走。見百兩搶五十兩，見千兩搶五百兩，總是只搶一半。若遇對方呼救，也只會迅速退避——」

雖說賊就是賊，治平繼續說道：

「但也因此從未遭逮伏法。只是頭目此種做法——在同行之間頗受質疑。」

「同行……指的可是其他盜匪？」

您說得沒錯，治平繼續說下去：

「盜匪其實也是形形色色。譬如到五年前為止曾肆虐江戶的茶積尼組，就專門幹強姦婦女、斬殺孩童、燒毀店舖等勾當——」

「官府正在緝捕這群惡徒。」

「似乎正是如此。總之，這群惡棍絲毫不知仁義為何物，要想使喚他們，唯有以金錢誘之。但這位島藏老大，就連此這等惡徒也對其敬佩有加，甘願聽候差遣。只是即使如此，仍有些許敗類膽敢貿然挑釁。不過，老大擁有一項對付這種人的法寶。」

——就是那石鎗？

百介想起昨夜又市曾說過它是一大威脅。

有這種東西，的確算是個威脅。不過——

治平從懷裡取出了一個古怪的東西。

這東西形狀像個短筒，卻又有些不大一樣，後頭還有個狀似木槌的握柄。

「這就是島藏老大將海盜們自古傳承下來的石弓略做改良，可擊發石彈的鐵砲。」

「可擊發石彈——？」

軍八郎看得瞠目咋舌，霎時一臉慘白地瞄了百介一眼。從他這表情，百介判斷他心裡想的是

——這下可鑄成一個無法挽回的大錯了。

「這代表——」

這東西「果然存在」。

田上和濱田的死因——

果然是人為的。

那麼，下毒手的兇手是——

「該不會……就是三位罷？」

請聽小的把話說完，又市說道。

「由於下手不必偷偷摸摸，因此這種石鎗極適合用來幹海盜這種粗暴的勾當。但就連蝙蝠組

內也沒幾個人親眼見過。可見它在盜匪同行之間，幾乎已成為一種傳說中的神器。」

「原來如此，這武器並非用來犯案——而是用來嚇阻？」

軍八郎語畢。是的，治平隨之回答。

「即使沒拿來取人性命，也發揮了不小的威嚇效果。不過，這種石鎗不僅精準度優於種子島，射擊距離也較長，而且以石子充當彈丸，也具有足夠的殺傷能力。再加上其乃以野鍛冶打造，若有需要隨時可展開量產，這就是其被視為威脅的重要原因。不過，世上不乏無惡不作之徒——有些傢伙就開始打起了這東西的主意。」

「是想偷取其製作技術麼？」

軍八郎一臉不悅地問道。

「是的，這些傢伙似乎打算將這東西售予西國的大名。」

「原來如此，果真像是惡棍會打的主意。」

也不知是否有了什麼結論，軍八郎終於恢復了鎮靜。不僅如此，由於是惡徒之間的紛爭，他下起評語來也是一副不屑的口吻。

「當時，也就是正好十二年前，島藏老大解散了組織，打算過起隱居生活。做這決定的理由有二，一是——」

治平定睛看著身旁的老人說道：

「他自認年事已高。當時島藏老大已經年逾七十，已不再有力氣幹這行的勾當。二是——」

治平突然停頓了半晌，接著才繼續說道：

「為了外孫女，老大有個外孫女出世了。」

噢——軍八郎低聲喊道。

「盜匪之流竟然也會成家，這聽起來或許有點古怪，不過島藏老大偏偏有個女兒——」

說到這兒，治平低下了頭去。

這下輪到又市接話：

「接下來的——他們倆或許很難說出口，就由小的代他們解釋罷。不過相信後來的事大爺應該也聽過。野鐵砲解散了蝙蝠組這件事，很快就在同行之間傳了開來。這下大夥兒可就再也按捺不住經年沉積的遺恨。原本個個一副有仁有義的模樣，這下看到島藏老大金盆洗手，就認為也無須再和老大講什麼江湖道義了。」

「江湖道義……因此，就強迫島藏先生交出那鐵砲？」

「一點兒也沒錯。這些傢伙要求找個人繼承那石鎗的製造法。老大當然是斷然拒絕了，畢竟老大根本沒任何義務這麼做。既然都抽身了，若仍在世上留下禍根，豈不是有辱自己的俠盜之名？於是，這會兒——那些傢伙就抓了人質做為要脅。」

「該不會就是島藏先生的女兒與外孫女罷？」

「正是如此。」

「此等狂徒果真卑鄙！雖為盜賊，也不可如此泯滅天良！」

軍八郎語氣激動地說道。

大爺所言甚是，又市回答。

「這些傢伙拐走了島藏老大的女兒與外孫女，逼他若要人質活命，就將石鎗的製造法交出來。這群惡黨背後似乎有治平稍早提及的大名撐腰。這下情況可嚴重了，老大的決定足以影響社稷將為承平還是亂世。不過，老大最後的選擇乃是貫徹一己之信念。」

「貫徹信念指的是……？」

「乃堅持盜亦有道，拒絕對百姓造成任何困擾。因此，島藏老大焚毀了石鎗之藍圖與模具，將一切技術悉數煙滅，僅留下這碩果僅存的一支。到頭來，島藏老大為了堅持自己的原則，讓女兒和外孫女都讓人給——」

「都讓人給殺了？」

噢——軍八郎訝異地摀住了嘴。

「正是如此。老大寧可毀棄傳家寶刀，也不願見其流落他人之手，並下令手下放下屠刀，蝙蝠組就此宣告解散。由此可見，島藏老大賠上了女兒與外孫女——可謂以肉親之性命換來金盆洗手。大爺可說此乃因果報應，亦可稱其為為惡之代價。只不過，這代價似乎過於昂貴了些。」

軍八郎抿緊雙唇，陷入一陣沉思。

百介認為此時的軍八郎大概已經忘卻自己的立場，打從心底對島藏的境遇感到無比的同情與憤怒。

不過——又市說道。

「怎麼了——？」

「有件事倒是十分啟人疑竇。其實，石鎗的傳言或解散一事應該還好，但知道島藏老大有女兒與外孫女的，即便在組內，理應也沒有幾人。」
「也就是，其中必有通敵內奸？」
「是的，當時曾有兩名武士出身者寄身蝙蝠組內。日後發現，這兩人實乃與其他組織互通聲息之內奸。島藏老大的女兒、外孫，即為其所拐。」
「可知兩人後來的行蹤？」
「解散時，兩人佯裝和氣地收下島藏老大的酬謝金後，從此行蹤不明——整整有十年完全不見蹤影。」
「唉——實在是太沒天良。」
是的，又市低聲回道。
「擄走島藏老大女兒及外孫者——其中一人名曰濱田毅十郎，另一人則為田上兵部。」
又市繼續說道。
那遇害的同心，名字是否叫濱田毅十郎？
先生大哥的上官名為——？
原來是這麼一回事。
百介拭去一身冷汗。
軍八郎的視線不安地游移了好一會兒。就連百介都感到如此困惑，想必他一定更為混亂。最後，這個嚴肅不苟的同心不再隱瞞心中的動搖，開口問道：
「田、田上大人與濱田殿下——原本曾為盜賊？」

「沒錯。」

「而且還是出賣同夥、殘殺無辜婦孺的內奸？」

「一點兒也沒錯。」

噢，軍八郎低下頭去，這下他似乎想通了。

只見他緊握起放在膝上的雙拳，不住地顫抖著。

「或許，這兩個武士出身的浪人，他們的同心身分就是以支領到的酬謝金買來的吧。而且還聰明地挑上了八王子這地方。距離太近，反而不大容易發現，這點實屬遺憾。當初聽聞到百介先生告知遺體的狀況，治平馬上就懷疑會不會是島藏老大所為。聽到遇害武士的名字後，答案也就更為明確了。不過，島藏老大年事已高，傳聞早已不良於行。因此，小的等只得演這場戲。」

什麼樣的戲？軍八郎咬牙切齒地問道。

「其實，之所以將那張符咒交給軍八郎大爺，乃是為了當成避免誤傷大爺的標記。看到濱田為石鎗所弒，田上心中鐵定是不安穩。既然可以肯定兇手應為島藏老大無誤，理應儘早將之緝捕到案，但若這件事被公諸於世，自己曾為盜賊的過去也可能因此曝光，恐將殃及自身安危。因此，他原本打的算盤可能是利用自己有權自由使喚的下屬進行搜捕，一逮到島藏老大便就地誅之滅口。同時也認為只要身邊有大批同心簇擁，絕不殃及無辜的島藏老大或許就下不了手。萬一真的遇襲，身邊的下屬也能保護自己的安危。倒是——」

說到這裡，又市從偈箱中取出一條看似包巾的東西。

「這、這是——」

「這就是野襖的真面目。」
「但、但是——」
「這不過是張熟牛皮。罩上軍八郎大爺的是一張普通的皮包巾，但其他人碰上的包巾上頭則染了麻藥，而且還挨了幾拳。」
「什、什麼？」
「因為咱們不得不孤立田上。島藏老大他——已是時日無多。如大爺所見，老大已是走起路來走不直，說起話也口齒不清，取濱田性命時幾乎是用爬的。因此小的無論如何都得助老大一償夙願。為此，小的才設了這個計，幫助島藏老大與治平報此不共戴天之仇。」
「治平先生和他們倆也有仇？」
百介問道。這是怎麼一回事？難道治平視恩人的仇如己仇？
又市轉頭望向治平回答：
「噢——別看治平看似年邁，其實歲數還不到六十。十二年前年約四十六，意即——」
「噢？意即島藏先生之女，實為治平先生的——」
「是的。老大之女實為小的之妻，而老大的外孫女即為……」
小的之女——治平悄聲說道。
「只是，雖是仇人，如今田上已官拜兵部的同心，若為無宿人（**註40**）所殺，恐將引起軒然大波，同時也不敢冒犯高官之威信，才被迫出此下策。再加上兩人如今均已成家，也不想殃及無辜家屬，因此才——」

「設局將之布置成妖怪所為？」

百介不禁感到由衷佩服。若沒他們幾個揭穿這戲法的底，就連最接近問題核心的百介都無法判明真相。原來那隻大貍死屍，也不過是為此特別準備的道具罷了。只是——

不知大哥對此有何看法。

軍八郎只是默默不語。

或許本案的真相讓他覺得自己上了當，但百介認為大哥這下毋寧是為了自己曾為田上這種上司效忠而感到悔恨。即使事前毫不知情，自己的上司竟然是個泯滅人性的大惡棍，還是給了他相當大的打擊。

——不過，不知大哥會做什麼打算？

百介想到了大哥這種個性——軍八郎只要一知曉犯罪經緯，便絕不可能視而不見。只是這下若將真相公布，眼前這幾個小惡徒將難逃被斬首的厄運，田上與濱田過去的所作所為也將同時被公諸於世。不僅同儕的同心們將遭嚴厲懲處，田上與濱田的家屬也將連坐受罰，就連當年任用這兩名惡徒的組頭與千人頭都將難辭其咎。

難道大哥為了堅守正義——

——大哥為了堅守正義，將無視這一切後果？

「大爺的憤怒，小的當然理解。」

註40：江戶時代，被從戶口除名的貧農或城鎮裡的中下階層百姓。

治平說道：

「畢竟小的一夥不僅利用了山岡大爺，還加害大爺同儕，甚至取了大爺上官的性命，罪證確鑿，理應以重罪懲之。雖然小的不認為將之公諸於世是為上策——不過，對於其他後果亦早有所覺悟。」

軍八郎依舊靜默不語。

「只是，小的依舊認為隱瞞真相方為上策。若將一切公諸於世，大爺上官昔日之所作所為便將無所遁形，勢必將引起軒然大波。只是即便如此，小的一夥亦為一再利用大爺倍感心虛，即使表面上本案已結，亦無權阻止大爺繼續追究。因此仍期望大爺能自行定奪。不論大爺決定將小的一夥就地斬殺，亦或押赴刑場斬首，一切將悉聽尊便——」

治平伸長脖子說道。

島藏也渾身無力地低頭跪倒在軍八郎面前。

又市靜靜佇立在兩人身旁。

百介則是緊張到連眼都忘了眨。

這時，軍八郎迅速站起身來。

只聽到他開口說道：

「三位還要在外頭待多久？」

百介納悶自己是不是聽錯了。

「大哥——」

「自己居高臨下，任由年邁長者跪坐在庭園中，豈不有悖人倫？三位不僅是家弟舊識，也是在下的貴客，還請儘速入內接受在下款待。」

「山岡大爺——」

治平抬起了頭來。

「想必治平大人是誤會了。在下所屬的八王子千人同心威名赫赫，個個是武藝高強的剛健武士。或許不敵超乎人智所能理解之妖魔鬼怪，但哪可能笨拙到任由老邁百姓罩上包巾便昏迷不醒？再者，在下可是帶有驅魔符咒，妖魔鬼怪才拿在下沒奈何。御行先生，您說是不是——？」

所言甚是，又市笑著回答。

「不過，符咒是否靈驗，端看持有者之人德。」

有理有理，軍八郎這下終於露出了開懷笑容。

「想必妖怪也清楚這道理，因此沒下錯手、殺錯人。倘若在下真死於妖怪之手——也必有罪當一死的理由。不過，或許那隻貍死得冤枉，但調書既已備妥，欲修改也是無從。總之，降魔除妖本非同心該幹的差事。百介——」

軍八郎向百介吩咐道：

「快請太助先生起身，並儘速備酒。晝、夜本不分家，今夜咱們就暢飲到天明罷。來，還請各位貴客入座。」

好的，百介回答道，並朝蚊帳外瞄了一眼。

不過，他無法看清又市臉上是什麼樣的表情。

吉
うどん

狐者異

狐者異乃一不知好歹之奸險無賴
生時藐視法紀
極盡目中無人之能事
以搾取他人圖利一己
死後因執著尚存
屢以妖魔之形現身擾亂佛法世法

繪本百物語・桃山人夜話卷第壹／第參

【壹】

時值十一月中旬某日——山岡百介在陣陣吹得讓人後頸受凍的強勁寒風中，走在通往小塚原的田間小路上。

雖然並非多冷，但風還是吹得教人打從心底發涼。百介豎起了外衣的衣襟。

心情倍感沉重。雖然是自己要來的，但這段路走得並不愉快。

百介試著四處移動視線，欲藉由佯裝自己是來遊山玩水以提振興致，但再怎麼努力都是枉然。他就是騙不了自己，只覺得心情依舊沉重。

穿過材木町，走到淺草寺前的大街上。

茫然眺望穿越雷門的仲見世（註1），百介不由得躊躇了起來。

——走罷。

百介朝左手邊邁出步伐。

他就是打不起精神直接前往。

朝這個方向走，在到達目的地之前得繞整座淺草寺一圈。根本是繞遠路。

但他依然腦袋一片空白地走著。

註1：位於神社或寺廟內的商店街。

日輪寺、天嶽寺、東光院，只見周遭寺廟林立。

這一帶除了田圃，唯一看得到的就是寺廟。

他走進了又一條岔路。

在複雜的小路裡漫無目的地走著，最後抵達一座楊柳環繞的堂宇旁。

以前也來過這兒，他心想。接著便穿越空地走向前門，在鳥居下確認了此處乃是供奉小野篁（註2）的小野照崎明神（註3）。

小野篁乃一知名古代參議，據傳每晚都會下冥府幫助閻魔王辦公。百介暫時停下腳步，欣賞起社內的鳥居（註4）與狛犬（註5）。

——往返於陰陽兩界之間。

百介皺了個眉頭，轉身走回原路。

穿過坂本、金杉，他沿著下谷的大街朝北方走。

到頭來，百介已經花了大半天四處遊蕩。原本還刻意提早出門，好趕在正午過後回到家——

但此時早就過了正午。

饑腸轆轆的他，橫渡了山谷堀（註6）。

這下百介來到了下谷通新町一帶。

——從這兒打右邊走，便是近路。

任誰都會這麼想。

百介望向右手邊綿延的田圃，思索了半晌。

最後還是決定不轉這個彎。

他毫無興致走這些畦道。

這一帶原本溼氣就重，此時大概是風經過河面吹來，空氣給人的感覺更是分外潮溼。乾脆一路走到隅田川，再從千住大橋過河算了——百介心想。

這時，他來到了飛鳥明神（註7）。

此處就是小塚原的產土神（註8）。

——彎進去瞧瞧罷。

一有了這個念頭，他就再也按捺不住滿心興奮。

不知何故，百介只要一走進神社佛寺，就滿心雀躍不已。通常踏入這種清靜的場所，理應感覺內心平靜，但百介這個人可完全不是這麼回事兒。

這種地方總是教他興奮莫名。

註2：西元八〇二～八五二年，平安時代前期的學者，同時身兼歌人與漢詩人。

註3：位於東京都台東區，今名小野照崎神社。

註4：立於日本神社門口的牌坊。

註5：高麗犬之意，乃指寺廟內的石獅子。

註6：今日的隅田川上，位於今戶至山谷之間的運河。

註7：意指位於今東京都北區之飛鳥山公園，又名王子公園。此地自十四世紀起便有祭祀和歌山縣熊野的神祇飛鳥明神，故得其名。

註8：土地之守護神。

線香的香味、護摩的煙霞、墓碑上的青苔味、柏手（註9）的聲響、鐘聲與鈴聲、祝詞（註10）、誦經。

注連繩（註11）上的御幣、蓮花座上的金工細雕。

朱紅的鳥居、漆黑的佛像。

這一切都能觸動百介的心弦。

接連打幾家寺廟神社經過，卻過其門而不入，這下百介終於忍不住了。

他穿過一家供奉弁財天的小寺廟，在御手洗（註12）洗了洗手、漱了漱口。

接著便從鳥居下頭鑽過，以眼角瞄了茶鋪幾眼。

一路走到拜殿後，他隨俗地虔誠參拜了一番，接著便在庭內轉了個圈，來到左側一座圍著木柵的墳塚。

只見宛如小山般隆起的土堆上矗立著一塊石頭，石頭左右長著幾棵茂盛的樹，還有注連繩串連其間。

這塊石頭名曰瑞光石。

據傳坊間傳說——這塊石頭乃是延曆年間（註13），叡山一位名曰黑珍的僧侶前來東國教化濟度，來到此處時所發現的。據說當時這座墳塚每晚都會發出瑞光，某一天夜裡，甚至有兩位神明化為老翁降臨這塊瑞光石的上頭。而這兩位神明，就是這神社所供奉的大己貴命與事代主命（註14）。大己貴命為素盞鳴命之子，同時也被當作和魂（註15），因此這家神社又名牛頭天王社（註16），或簡稱箕輪天王。

據說這座小墳塚，就是小塚原這個地名的由來。

——原來是座墳墓。

應該是座墳墓罷——百介如此確信。

倒是，這一帶還真像是籠罩在一股濃濃的死亡陰影下呢。

這陰影總教人感覺揮之不去，彷彿即使加以掩蓋，還是會從縫裡滲出來。

墳塚、寺院、見世物小屋（註17）、戲館。

妓院。

個個都是現世與異界的接點，果然適合被擺在人間與冥界的分界線上。

而且——這兒還有座仕置場。

顧名思義，仕置場乃進行仕置——也就是公開執行死刑的場所，換句話說就是刑場。

註9：亦作「拍手」，指禮拜神佛時雙手擊掌的動作。

註10：日本祭神時誦讀的祈禱文。

註11：神社中用來區劃神聖場所的麻繩，繩上每格三、五、七捻綴以方形紙張，故又名七五三繩或標繩。

註12：寺廟或神社入口處，供參拜者洗手、漱口的水源。

註13：古日本年號，西元前七八二～八〇六年。

註14：「大己貴命」為出雲神話中大地之神「大國主」年輕時的別名，「事代主命」則為其與「神屋盾比賣命」女神所生。

註15：亦稱「御和魂」，為帶來和平、寧靜之神靈。

註16：牛頭天王原為印度祇園精舍之守護神，東傳日本後與當地原始信仰之神祇素盞鳴尊融合，成為除疫降福之神。

註17：展示奇人奇物，並表演雜耍、魔術等的娛樂設施。

通常，死刑犯、替死鬼的斬首之刑多半在牢內的刑場就地解決，但需要斬首示眾，亦即所謂的公開死刑時，則在此處舉行。另外，斬首後需要執行獄門（註18）之刑時，也會將牢內砍下來的首級拿到這兒曝曬個三天兩夜。

還真是殘酷至極。

在善男信女求神拜佛的神聖場所後頭。

緊臨成群嫖客尋歡的花街柳巷。

竟然就有這麼個公然將人斬殺，並任其曝屍荒野的地方。

百介在鳥居正下方駐足，遠眺仕置場所在地的淺草山谷町。

江戶的仕置場有兩座，一是小塚原這兒，另一處則位於品川宿的鈴之森。

據傳城裡的仕置場原本設於日本橋本町，但在神君入府之際，便已被遷至鳥越神社傍與材木町兩處。但後來材木町的被遷往鈴之森，鳥越的則被移往聖天町，而後又從聖天町遷至小塚原這頭來。

也不知是否為某種外力所吸引，兩處均不斷朝城市邊緣移動。

最後還真被挪到了如假包換的邊陲之地。只要過了這座橋，另一頭就是朱引之外的千住。這裡也正是江戶的盡頭——所謂的邊界。彷彿一路為邊界的陰影、邊界的氣味所吸引，到末了，這塊穢地就這麼被遷到了這道如假包換的分界線上。

百介的心情再度沉了下來。

今天的目的地——正是這座仕置場。

並非受任何人強迫，而是百介自願來的。即使不來，也沒人會責備他。

但是——

百介下定決心，從鳥居下方鑽過，但走起路來腳步是異常緩慢。到頭來，百介還是躲進了對面的茶舖內。

在氈上坐定後，他轉頭向一旁望去。

一片繽紛色彩霎時映入了他的眼簾。

鮮豔的江戶紫和服、草綠色的半纏（註19）。

黃色的髮帶、形狀如鶴的髮飾。

繪有福神的藤箱。

細長的鳳眼、雪白的肌膚。

鮮紅的櫻桃小嘴。

「這——這不是阿銀麼？」

原來是和他有過數面之緣的山貓迴阿銀。

山貓迴指的是邊頌唱義太夫節（註20），邊以隻手操縱人偶演出的女傀儡師。放在她身旁的藤

註18：斬首後公開展示首級。

註19：一種類似羽織的輕羽棉外衣。

註20：江戶時代初期，大坂的竹本義太夫所創的淨琉璃之一派。

箱裡頭，裝的就是唐子人形（註21）與淨琉璃人形（註22）。今春，百介在越後（註23）的旅途上認識了這位長相標緻的傀儡師，不久前也在甲府和她照過面。

當然，他們會碰面並非偶然。

阿銀並不是個普通的傀儡師，而是藉著各種奇謀妙計，完成一些靠正當手段無法解決的任務——這就是這位怪異女子賴以謀生的手段。

和阿銀這群小惡棍的偶然相識，讓百介深受他們的個性吸引。或許世間並不會稱許這些作為，但他們幹的也並非什麼壞勾當。厭惡以義賊自居的他們，若是聽到這個說法或許會不高興，不過百介認為他們毋寧是在熱心助人。不久前甚至長途跋涉到甲府，完成一樁不可思議的任務。

哎呀——阿銀先是沉默了半晌，接著才轉頭望向百介。

「這不是專寫考物的先生麼？」

考物乃類似孩童玩的謎語，目前百介就靠寫這類東西混飯吃。雖然平日吹噓自己的志願是當個劇作家，現實中其實是靠寫寫這種東西餬口，因此阿銀如此稱呼，聽在百介耳裡還真有點兒刺耳。不過，雖然沒從背後刻意嚇唬她，但不論是從語調還是神情，阿銀看來都是萬分驚訝。原本以為阿銀是個凡事都處變不驚的女人，這下看到她這副模樣，教百介比她更驚訝。

「果真是阿、阿銀小姐——」

「先生結巴個什麼呀，是什麼風把先生吹到這兒來的？」

她以極其悅耳的嗓音問道。

「噢，只是來辦點兒瑣事。」

百介胡亂搪塞道，接著又問：

「倒是阿銀小姐——到這兒來做什麼？」

「還不就是——」

阿銀探出又細又白的頸子，朝刑場的方向比了比。

「來看看熱鬧。」

「噢，原來和小弟目的相同。」

原來兩人的目的地是一樣的。

聽到百介如此回答，阿銀瞇起了眼睛。她眼角色澤頗為豔紅，不過並不是因為化了妝，而是她皮膚白皙使然。

「目的相同——先生也是來看那首級的麼？」

「是的，正是如此。」

雖然說的是實話，但話一從嘴裡吐出來，感覺還真是血腥。

「展示只到今日為止，不快去看可就看不到了。雖然說起來還真有點噁心，不過，這大概就是作家的天性罷——」

註21：髮型、服裝均為中國樣式的傀儡。

註22：以三味線伴奏，吟唱義太夫節等淨琉璃曲目的傀儡戲表演。

註23：日本古國名，領土相當於今日之新瀉縣全域。

百介點了一碗飴湯（註24），阿銀無聊地抬起了腳，接著又望向百介問道：

「等會兒就要去麼——？」

「是呀，等會兒就去。」

「不過——先生不是住京橋麼？若是抄近路走，應該是沿河邊下天狗坂，過了渡橋再穿過新町，理應不會經過箕輪天王這頭才對罷？」

「噢——話是沒錯，小弟只是繞了點遠路。」

真正要看時反而提不起勁——這種話實在說不出口。

那還不只是一點兒遠而已呢，阿銀說道，接著笑容才在她臉上緩緩浮現。

「先生是不敢看麼？」

「也可以這麼說——這類殘酷的東西，小弟實在是不大敢看。」

這下可把真話說出來了。阿銀又笑著說道：

「不敢看？虧先生還是個為了蒐集怪異故事雲遊四方的作家呢！先生不是還曾說過，要出版一本百物語的麼？」

「噢，小弟熱愛的是幽靈、妖怪，但小弟要是看到血可就沒輒了。即使是剃鬍鬚時稍稍劃破了臉，滲出來的一丁點兒血也會看得小弟毛骨悚然。只要一見紅，眼前就一片發白。」

「哎呀，瞧你說的。」

阿銀這下笑得更開心了。

「如此膽小，還要來看獄門？真不知先生是怎麼想的，繞了這麼大一圈，又走得慢吞吞的，

到頭來還是想去看。難不成這首級裝飾得特別漂亮？」

「噢，因為這不是普通的首級呀。不管怎麼說，這可是轟動社稷的大惡人，稻荷坂祇右衛門的首級呢——」

此刻——

祇右衛門的首級，應該就被曝曬在小塚原仕置場那三尺高的獄門台上。這個百年難得一見的大惡棍在十天前伏法，經過一場嚴厲的審問後遭判獄門之刑。

據傳——稻荷坂祇右衛門，表面上是個香具師（**註25**）的總管。

但他並不是個擁有自己人馬的香具師。祇右衛門旗下的人手，似乎都是舉辦遊行的宗教信徒、巡迴藝人、無宿人（**註26**）、或野非人（**註27**）——悉數是不屬於江戶四區非人頭管轄下的非人（**註28**）。每逢町奉行所或彈左衛門（**註29**）臨時要取締無野宿非人時，總是能在事前得到風聲

註24：以軟糖燉煮之甜湯。
註25：製造或販賣焚香用具者。
註26：江戶時代未登記戶口者，多為貧農或下層百姓。
註27：江戶時代連管理非人之機構亦無法可管，居無定所、四處流浪之非人。
註28：江戶時代幕藩體制下所界定的階級之一，為最下層之賤民，依法不得從事生產性的工作，屬非人頭管轄，通常從事監獄、刑場之雜務，或低等民俗技藝等。非人頭為管轄非人之官員。
註29：江戶時代非人身分者之首，獲幕府任命管轄關八州、伊豆、甲斐都留郡、陸奥白川郡、三河設樂郡之下賤人等。官方稱之為穢多頭，但歷任均以長吏頭矢野彈左衛門自稱。由於以淺草為據點，又稱淺草彈左衛門。以幕府末期之第十三代最為有名，曾於長州征伐與鳥羽伏見之役為幕府立功。明治維新後改名彈直樹，積極扶持日本近代皮革業與鞋業發展。

的祇右衛門便會通知他們，或者為他們斡旋居住差事等，藉略施小惠綁住這些人，並以種種手段從他們身上榨取利益——

由於他深諳各種迴避官府取締的手段，因此實際情況總是教人無法掌握。幹的已淨是非法勾當，但祇右衛門最殘酷的地方，其實是——不把手下的人當人看。他總是戴著保護弱者的假面具吸引最低階層的群眾，再利用他們的弱點要脅，使其淪為自己作惡的工具。

指使扒手偷竊就不用說了，擄人勒贖、走私、搶劫、仙人跳、開設私娼寮、非法賭場、乃至殺人放火——只要是想得出來的壞勾當，祇右衛門均有染指。

即使如此，祇右衛門還是沒被逮著過。南北奉行所原本為搜捕縱火賊就已經夠頭疼了，根本無暇他顧。再加上沒有任何人知道他的藏身處，以及他一切都假他人之手的手法實在巧妙。每當有惡事被揭發，下手的幾乎都是無宿者，還查不到祇右衛門，線索就已斷得一乾二淨。代祇右衛門被送上刑場的無宿者，據說已是多不勝數。

果真是十惡不赦。

被他利用的替死鬼，或許並不認為祇右衛門對自己有恩，也沒什麼義務為他出生入死。百介認為這些最低階層的百姓不得不依賴祇右衛門這種惡棍，不過是為了討口飯吃而逼不得已。祇右衛門這種乘人之危的作為，簡直比暴力的威嚇詐取還要殘酷。

傳說中，祇右衛門就是這麼個狠角色。

不過，這個惡棍終究得付出代價。也不知他巧妙的花招是哪裡出了紕漏，傳言他之所以遭到逮捕，乃是因為關八州長吏（**註30**）之首的彈左衛門實在是看不下去了。

也不知是怎麼辦到的，總之也沒經過什麼大肆搜捕，祇右衛門便乖乖落網了。

而且——還在兩日前被拖到市內遊街，最後遭到斬首。

「說得是——」

阿銀心不在焉地回答，接著又懶洋洋地問道：

「所以，先生專程到這兒來，就只是為了瞧瞧這大惡棍長得是什麼模樣？即使繞了這麼大一圈遠路？」

「噢，小弟倒是不關心他是否真是個惡棍。」

「不關心麼？」

「是呀——小弟關心的，是另一則傳言。」

「什麼樣的傳言？」

「相信阿銀小姐也聽說過罷，祇右衛門這傢伙——該怎麼說呢，據傳是個不死之身。有人說他怎麼殺也殺不死。不，該說是不論死幾次都能復生。雖然不知是虛是實，但曾聽說他過去已經死過兩次，卻兩度威脅閻魔王讓他回來——」

街坊之間的確有這則傳言。

註30：江戶時代關東地區八國之總稱，包括相模、武藏、上野、安房、上總、下總、常陸，又稱坂東八箇國或八州。長吏為江戶時代管轄賤民之首長。

傳說——稻荷坂祇右衛門是絕對「不會死」的。
「這種鬼話，先生也相信？」
阿銀這麼一問，百介完全不知該如何回答。
「噢，小弟是不大相信啦，不過畢竟真有這麼個傳言嘛！阿銀小姐，小弟這個人呢並不只是蒐集古老傳說。而且只要過個一段時日，這則傳言自然也會變成古老傳說。傳言的真相原本就難以還原，經過的時日愈久，細節也就愈難判明，而且還會不斷被人加油添醋。每樁事件還是在變成傳言前就開始蒐集真相，方為上策。」
「這也是作家的天性麼？」
「與其說是天性，不如說是宿命。」
其實這並不是所有作家都有的毛病，不過是百介個人的宿命罷了。
「時下，街坊間流傳著許多傳言，甚至有人說——到了獄門的第三日，祇右衛門的首級就會睜開眼睛，接著便要口吐火焰飛往他方。」
這麼一來豈不是成了妖怪——阿銀一臉發愣地問道。
沒錯，的確是成了妖怪——百介回答。
「祇右衛門畢生打破了世間一切定則，既不拜神佛，也不尊法紀，淨走邪門歪道，藐視一切法理，是個對法規、人倫、與先人教誨均不屑一顧的無賴。這種人即使死了，對世間的怨念依然不滅，因此會化為無量之形，繼續擾亂天規佛法。」
「聽來彷彿佛祖還該怕他似的。」

未免也太沒用了罷，阿銀說道：

「如此說來，佛祖未免也太窩囊了罷。即使無法懲罰他，至少也該感化他。若是救不了現世活人也就算了，這下人都死了，怎麼還拿他沒奈何？某位有名的高僧不是說過：善人尚且往生，何況惡人乎？」

「噢，話是這麼說沒錯。佛教的教義原本就是尊崇佛法、勤修正道者便能得救，但祇右衛門這種毫無慈悲、毫不悟道的傢伙可就另當別論了。欲救之也無從，欲教化也無從，根本就是個妖怪。」

「不過，這種罪大惡極的傢伙，死了不是該下地獄的麼？哪來得及復生呀！理應是人還沒死，火車（**註31**）就先來把他帶走才是，哪有道理乖乖等在後頭，待他把飯吃完再帶他上路？」

她語帶揶揄地說道。

癥結就在這裡——百介說道：

「有人認為祇右衛門生前藐視一切綱紀，總是為所欲為，膽敢打破一切規矩，挑釁所有王法，因此就連天理也拿他無可奈何。」

噢——阿銀歪著頸子納悶了起來。

「所以，他才會復生麼？真是沒天良呀，該讓這種人多死幾次才是罷？」

註31：出沒於出雲（島根縣）與薩摩（鹿兒島縣）一帶。姿態被描述為巨大的貓妖，總是伴隨著火焰在天空中飛行，負責將靈魂帶往極樂世界或地獄，往來陰陽兩界的媒介。

「這就是另一個癥結了。噢，雖然還沒來得及確認虛實，但似乎有記錄證明祇右衛門過去曾復生過兩次。不過，小弟也覺得這說法難以置信就是了。總之，若他只是個普通的惡棍，管他是被處獄門還是磔刑，小弟根本不會感興趣——」

但倘若他真如傳言般厲害，這可就是個怪談的好題材了——百介說道。

百介喝下一大口生薑味濃郁的飴湯，嘆了一口熱騰騰的氣。

「而且這麼多流言蜚語傳來傳去，這下都已經引起一陣軒然大波了。小弟身為怪談的愛好者，哪可能不把這件事查證個清楚？要是傳言成真，果真出了什麼怪事，好歹也得把經緯給寫下來。倘若真的要寫，當然需要眼見為憑。以上就是小弟的目的了。」

「這就是作家的宿命麼？」

「沒錯，是宿命——」

「那，要去看了麼？」

「這——」

還是不敢看罷？阿銀窺伺著百介的臉龐問道，這下又被她給看穿了。百介也望向阿銀，近看還真教他嚇了一大跳。從某些角度來看，阿銀像個清純的姑娘，但若換個方位來瞧，看起來又像風韻猶存的半老徐娘。果真是個不可思議的女人哪！

「噢——當然不敢呀！把死屍曝曬街頭這種事，小弟原本就無法接受。官府讓咱們這些百姓看這個，還不是為了殺雞儆猴，好為他們確立毅立不搖的威信。所以得讓咱們知道這下場有多嚇人，親身體驗惡事萬萬不可為——」

「反正只有愛看熱鬧的會去看罷。」

這個山貓迴不耐煩地扔下這句話，接著突然離開百介身邊，揹起了葛籠。

「我要去瞧瞧啦，先生也來麼？」

「當、當然去呀。不是說過要去看了麼？」

百介慌忙站了起來。要是獨自被留在這裡——百介八成，噢不，九成九就看不成祇右衛門的首級了。

「等等呀——」

百介快步朝阿銀追了上去，阿銀走起路來健步如飛，只見百介還沒來得及付完帳，她就已經走得老遠了，不論再怎麼呼喊，她也沒停下腳步，即便追上了，她也不朝身旁看一眼。

只見她這模樣的確有點奇怪。

「阿銀小姐是怎麼啦？小弟倒還想問阿銀小姐為什麼這麼想看那首級呢？」

「就是來看看熱鬧呀！」

「真的麼？」

怎麼看都不像只是來看熱鬧的。雖然和她也沒什麼交情，但百介倒還算頗會看人；他知道阿銀並不是個愛看獄門首級的女人。當他再問一次時，這個山貓迴霎時停下了腳步。

「怎、怎麼了？」

百介慌忙窺伺起她的神色，只見阿銀兩眼直視前方，低聲說道：

「我和他有舊仇。」

「舊、舊仇?是指和稻荷坂祇右衛門麼?」

「沒錯。」

她語氣冷淡地回答。

此時，仕置場已映入了他們倆的眼簾。

不過是一塊平淡無奇的空地。

空地一角以幾支竹欄圍起。

一旁有座以木樁搭建，僅在裡頭鋪有草蓆的簡陋小屋。彈左衛門的下屬就在裡頭晝夜交替地輪番看守。

前方右側立著一塊捨札（註32）。

在這張釘在木樁上的板子上頭，記載著犯人的姓名、出生地、年齡、罪狀、與所處的刑罰。捨札後頭立著兩支塗有紅色橫紋的飾槍、以及突棒、刺股（註33）兩支長柄緝捕道具。傳聞這兩支飾槍俗稱福島闕所槍，乃由來已久的不祥標記。

左側立著一面長條旗。

這面以堅固和紙貼成的巨大長條旗，高度八尺有餘。雖然從遠處難以辨讀，上頭密密麻麻的黑字應該也是犯人出生地與年齡等記載。在遊街示眾時，這面旗就被舉在行列的最前頭。

然後……

同樣是平淡無奇的——宛如現場的樹木、稻穗、屋宇、石頭、與芒草，那東西就靜靜地佇立在它理應存在的位置，讓人感覺它的存在和周遭景物一樣自然。

那首級——

就靜置在一座高約三尺的簡陋木台上。

看來是那麼的稀鬆平常。

原本以為現場氣氛會是一片陰慘，事實卻也不然。雖然略有傾斜，但是耀眼豔陽就高高照在這顆首級上。面色有點發黑——這是百介唯一的感想，其他毫無任何感慨——心中完全感覺不到一絲恐怖、噁心、或傷悲。為了防止首級傾倒而在周圍圍上的土堆，看起來也僅讓人覺得粗糙、滑稽。

「還要——再來一次麼？」

阿銀說道。

還要「再活過來一次」麼——只聽到她如此呢喃。

【貳】

不過……

註32：江戶時代公開行刑時，豎立街頭細數犯人罪狀的告示牌。通常從行刑日起展示三十日。

註33：江戶時代的兩種緝捕道具，突棒之前端為鐵製，呈T字形，上有成排鐵釘，前端下頭為一至三公尺的木柄。刺股又名指叉，鐵製前端呈U字形，下有二至三公尺之長柄，用來將對方咽喉、胳臂等強加固定於牆面或地面。

山貓迴不祥的預言，似乎並沒有成真。

依慣例在仕置場曝曬三天兩夜後，稻荷坂祇右衛門這顆首級也沒發生任何神怪之事就被移除了。首級既沒有睜開眼睛，也沒有吐火翱翔。

之後經過了約一個月，街坊間關於祇右衛門的神怪傳說便在突然間戛然而止。雖然早就料到會是這種結果，但百介依舊感覺到一股期待落空的失落。

雖然這並非原因——百介開始調查起祇右衛門的過去。

說得明確點，是過去兩次的復生——

因為實在無法抑制心中的好奇。

他果真曾留下這種記錄？倘若真是如此，雖然人死復生這種事未免太不合理，為何第三次就沒活過來呢？難道是因為腦袋被砍掉的緣故？

不過……

阿銀那句話也在百介腦海裡揮之不去。雖然沒說個詳細，但聽得出阿銀似乎知道些什麼。

還要再活過來一次麼——

阿銀那鮮紅的雙唇的確曾這麼說過，怎麼聽都不像是看到首級隨口說說罷了。

再者。

更難以理解的，是阿銀離開刑場時那啟人疑竇的態度。

不對勁，其中必定有鬼。

既然打定了主意就絕不反悔——百介就是這麼個個性。並不是因為他天性固執，不過是深怕拖拖拉拉到頭來只會讓自己放棄。雖說是絕不回頭，但現在該從哪兒開始著手，他可是一點兒主意也沒有。

因此，這幾天百介都只能窩在自己房裡，滿懷苦悶地思索著點子。

位於京橋。

一間蠟燭批發商生駒屋的小屋——

這就是百介的住處。在這十疊大的房內，堆滿了大量書卷。除了出外巡遊蒐集怪談奇聞時以外，百介幾乎都窩在這瀰漫著一股霉味的房裡，不是寫寫東西，就是查查資料，要不就是沉迷於閱讀各類文獻中。

他所做的並不是什麼大不了的研究。

不過是為了撰寫一本怪談。

以百物語的體裁，將辛辛苦苦自各地蒐集而來的怪談奇聞編纂成一本書付梓出版——這就是百介目前的目標。不過，遺憾的是百介既非流行的劇作家，亦非知名學者，因此總是無法實現這個古怪的野心。目前百介仍不過是個受出版者委託，撰寫孩童謎語等的考物作家，幾乎沒賺得任何實際收入。

不過，他倒是無須為吃穿發愁。

因為——

百介抬起了頭來。

主屋那頭可是熱鬧得很。

目前正值陰曆十二月，自己的店家好歹也在做生意，哪有道理不熱鬧？而且他們生駒屋在江戶即使不是第一，至少也是屈指可數的大店家之一，做起生意來想不忙都難。不不，百介心想，即使不是商家，值此歲暮之際還能無所事事地胡思亂想的，大概只有自己一個罷。

透過拉門狹窄的細縫，他看到了夥計們正忙碌地來來去去。

這光景教百介感到慚愧不已。眼看他們個個忙成這副德行，自己卻還在這兒遊手好閒——著實教他倍感心虛。

這要比當個寄宿的食客還要難捱。

事實上——

生駒屋乃是百介繼承的家業。意即他就是這個商家的大老闆。

可是……

別說是在店裡照顧生意，百介就連一點兒忙也沒幫。

上一代老闆一過世，百介便迫不及待地將商家委由掌櫃經營，自己開始過起隱居——而且還是如假包換的隱居生活。這個處置雖讓大夥兒驚訝不已，但倒也沒任何人反對。噢，或許該說是沒任何人有立場反對罷。百介乃前任大老闆的養子，而這位大老闆沒有半個有權繼承家業或提出任何異議的親人。

百介原本是一位御先手鐵炮組窮同心的次子，由於家境清寒，因此甫出世便被送到了生駒屋當人養子。

不過，百介之所以不願工作，並非出於武家之後不宜從商的矜持。他反倒認為武士是比商人更不適合自己的職業。不過，百介直到長大成人後，才發現了自己的實際身世。因此在那之前，百介都是以一個商人兒子的身分，接受以日後經商為前提的教育。若說後天的教育要比先天的出身重要，那麼百介理應成為一個卓越的商人才是。

結果卻是如今這副德行。

他自己也為此深感困擾。

但是自己並不適合經商這個事實，他畢竟比誰都清楚。

反正做什麼生意都註定失敗，他實在不忍心看到祖先代代傳承下來的生駒屋，就這麼敗在自己這個養子手上。這不僅會讓他深感愧對養父的哺育之恩，也將使他無顏面對店內的夥計們。

因此，他只能決定放手。

這是個聰明的決定。但他同時也認為沒經過一番努力就抽身，也未免過於卑怯。只是自己若真不是塊做生意的料，說什麼也沒輒。這道理正如人再怎麼努力，終究是無法飛天。

既然放手了，百介也打不起勁照顧店裡的生意。不過店裡夥計至今仍以小老闆稱呼他，不僅依然把百介當主人看待，對他的照顧也是無微不至。雖然無功不應受祿，但若沒這種接濟，他倒還真活不下去，只能選擇從家裡搬到這棟小屋獨居。

到頭來，百介成了個名副其實的飯桶。

這身分當然讓他感到比當個寄宿食客還要無地自容。

大家對他的熱忱招待更是讓他倍感心虛。若大家明顯將他當個吃軟飯的看待，或許還比較容易應對，但店裡的夥計個個對百介卻是如此親切，雖然或許是看在他多少還算個主人的情面上。

百介輕輕拉上了面對主屋的拉門。

精神就是無法集中。

百介再次步向書桌。

這時。

鈴——

傳來一聲鈴響。

百介納悶都這個時節了，怎麼還有人掛風鈴。

——不對。

鈴聲是從小屋後方傳來的。即使在夏天，也不可能有誰在那兒掛風鈴。百介還來不及坐定就站起了身子，拉開了面向後方的拉門。

映入他眼簾的，是個一身白衣的男子。

頭上纏著一條修行者的白頭巾，手上握著鈴。

「又、又市先生——」

來者原來是御行又市。

又市是個雲遊四方，靠出售驅魔符咒維生的古怪人物，同時也是和阿銀同夥的小惡棍之一。

不過，他究竟是打哪兒進來的？後門明明關著，閒雜人等也不可能打前門通過店面入內，難不成是翻牆進來的？

又市彬彬有禮地朝他鞠了個躬。

「請恕小的無禮。小的這身裝扮實不宜光明正大登堂入室，只得從這種地方入內叨擾。上回承蒙先生慷慨相助，由於事後須為若干後續處理滯留該處，至今方得以回到江戶。雖已延宕多時，還是容小的在此聊表遲來的謝意。」

「請、請別多禮。當時小弟對一切渾然不知，不過是盲目奔走一番罷了。」

百介慌忙回禮道，不過他說的倒是事實。

「不過，又市先生您怎麼會知道小弟的住處？記得小弟僅說過自己住在京橋，其他的一切隻字未提——」

小的突然造訪，是否叨擾到先生了？又市一臉故弄玄虛的表情問道。

「噢，這怎能說是叨擾？不過是——小弟雖以作家自居，至今仍是籍籍無名，因此居處理應無人知曉——」

看到百介如此鋪張的否定，又市笑著說道：

「噢，雖然問人作家山岡先生居住何處，的確是無人知曉。但若問到哪家蠟燭批發商住著一位年輕隱士，在這京橋一帶可就無人不知了。」

「所言甚是。」

百介笑著回答，接著便邀請又市入內。

但又市堅持自己身分貧賤不宜入內，婉拒了他的邀請。

「不過，天候嚴寒，站在這兒和先生對話，小弟自己也怕冷。總之，真的很高興看到先生前來造訪，既然來了，至少進來喝杯茶罷。」

又市低下身子回答：

「並不是小的不領先生這份情。這小屋畢竟與主屋相連，要進去還得通過主屋。只怕小的這身打扮，若冒昧從如此大店家正門入內，恐有損及貴店商譽之虞。」

這倒是實話。不過，總不能請他從窗口爬進來罷。

百介只得繼續隔著窗口和他對話。

「哎——住在這種小屋裡果然不便。一如先生所言，小弟進出都得經過主屋，由於為自己的身分感到心虛，每次打店面經過時總得低頭掩面、偷偷摸摸。」

「不過此店家畢竟是先生的財產，豈須如此顧慮？」

「先生說店家是小弟的財產——絕無此事。打從家父還在世之時，店內生意便已由目前的掌櫃所執掌。」

養母過世後，店家生意與臥病在床的養父便悉數由掌櫃與夥計照料。小弟不過是個吃軟飯的敗家子罷了——百介說道。

「已逝的家父對毫無血緣關係的小弟我照顧有加，到頭來卻如此不成材。生父當初苦心將小弟送做養子，倘若看到現況，想必也將大失所望罷。小弟雖選擇放棄繼承店家，也無顏歸返武家，反正即使回去了，必也無力重整家門。不論對養父還是生父，小弟都是個不肖子呀！」

原來如此，又市低聲說道：

「——看來先生居住在這棟小屋中，目的絕非戀棧商家生意。」

「當然。」

這種想法他從來沒有過。

「小弟唯一戀棧的就是這棟小屋——不，該說是喜好蒐集奇聞異事的先祖所遺留下來的龐大書卷。小弟就是在這滿布塵埃的書堆中長大，若要離開它們，必將使小弟感到痛苦難耐。」

看來的確是如此——又市朝屋內探了一眼，一臉驚訝地說道。

「倒是，先生——」

又市手佇著窗框問道：

「小的不在江戶這段期間，可曾發生過任何怪事？」

「怪事——？」

聽到又市這麼一問，百介一時之間完全無法理解他所指的怪事是什麼。又市在他啞口無言時繼續問道：

「——對了，據說前些日子，祇右衛門的首級被擺在獄門示眾？」

「是的，請問這件事怎麼了？」

又市來訪前，百介不斷思索的正是這件事。

只是，獄門似乎並未發生任何古怪的事。值此只要偷個五兩就得人頭落地的時代，雖說不是每天都有，但首級示眾已是十分頻繁。尤其對又市這種涉足黑暗世界的人來說，這種事理應是稀鬆平常才對。

接著他又說：

「據說——」

話及至此，又市又沉默了下來。
「噢——先生想說的可是他乃不死之身的傳言？」
百介終於發現他想問的是什麼了。
屢次死而復生的傳言，的確算是件怪事。
當然，這也得以它真的發生過為前提。
又市並未馬上回話，僅抬起雙眼看向百介。看到百介歪著腦袋的模樣，又市這才問道——看來果真有這種傳言。
「又市先生也聽說過麼？沒錯，的確有許多關於他的神怪傳說，但最後卻什麼事都沒發生。那些傳言終究不過是胡說八道罷了。畢竟祇右衛門生前是個十惡不赦的大惡棍，生平作為一切不詳，有這類傳說附會也是在所難免——」
至少就百介調查所得的結果——祇右衛門的生平幾乎是個謎。雖聽聞他伏法後曾接受嚴厲審訊，但出生地、家世、乃至年齡都沒能弄清楚就被判了刑。捨札和長條旗上除了罪狀與所處刑罰之外，其他一概沒有提及。
「或許由於他生前如此神祕，才會傳出這類風聲。雖然才過了一個月，今後發展尚屬不明，但看來是不至於發生任何變化罷。」
噢——又市瞠目咋舌的說道：
「不至於發生任何變化——」
「理應不至於發生任何變化罷。」

百介斬釘截鐵地斷言道。不過，這句話彷彿是說給自己聽的。

並沒有任何證據供他如此斷定。

「請問先生如此判斷——是否有任何根據？」

果然，又市再度抬起雙眼向他問道。

這傢伙還真能巧妙地猜透人心。

「是沒有根據——」

不過死而復生這種事，通常理應不會發生才是罷，百介回答。

「——總之小弟是不相信啦，這種古怪的事怎可能發生？」

「想不到深諳古今東西各種怪談的先生也沒聽說過有這種事。」

「過了奈何橋卻仍能折返，從所謂假死狀態復生的故事是時有所聞。不過——這和祇右衛門的傳言不盡相同罷？」

「的確不盡相同。」

「街坊流傳的奇聞中的復生者多為旁人認為已經過世者。不論是死後三日活著回到家的老翁，還是推開土塚從墓裡爬出來的老嫗，根據小弟判斷，皆為大夫誤判往生，家屬過早埋葬所致。若已完全斷氣——也就是真的死了，還能回來的可就是幽魂亡靈了。現在談的不是亡魂，而是復生。即使是還魂之術，召回來的也是亡魂罷，絕不可能帶著肉身一起重返人世。」

「原來就連先生也沒聽說過？」

「唐土一帶似乎有過這種案例，不過屍體即使復生亦絕非生者，而是妖怪罷。」

妖怪啊——又市再度欲言又止地說了一句。

「是呀，若能如此，應該就成了妖怪了罷。」

「有理，聽來的確像妖怪。」

小弟是如此認為沒錯，百介回答。

「不過，一個人無論變成什麼樣的妖怪，若已是身首異處還要復生，那就和要教天地倒轉一樣不可能。即使堪稱獄門始祖的天下大逆賊平將門的首級，雖說歷經三月間不腐後睜開雙眼，大喊若軀體仍在，願再決一死戰，但他終究沒活過來。而唐土的伍子胥，被斬首後頂多也只能大笑。《新御伽婢子》中也曾記載有名女子僅剩首級卻仍活著，可見此等事或許真曾發生，但即便復生亦無法恢復原形。因此，首級落地後還能接上身軀復生，理應不可能發生。」

「不可能麼？」

「不可能。正是因此——官府才會在斬首後示眾。吾國自古施行斬首之刑，目的就是為了防止受刑者復生。」

「原來如此——」

又市態度曖昧地回了一聲，也聽不出他究竟是信還是不信。

「這是怎麼回事——？」

總覺得他的態度和阿銀一模一樣。

「一下是阿銀小姐，一下是又市先生，怎麼一談起祇右衛門，大家的態度就變了個樣？」

阿銀——？這下又市罕見地有了反應。

「阿銀她——怎麼了？」

「噢，阿銀小姐曾說，自己和祇右衛門有舊仇。」

「舊仇——先生是在哪兒遇上她的？」

百介便把一個月前參觀獄門時的事告訴了他。

未料又市愈聽神情就變得愈嚴肅。雖然猜不透這變化的原因，但百介終究還是全盤托出了整件事的經緯。

「阿銀她——」

也看過了祇右衛門的首級？又市以毫無抑揚頓挫的語調問道。

「是的。因此才提起舊仇這件事，不過詳情小弟並無過問。」

「那麼，她還說了什麼？」

「噢。還要再活過來一次麼——就只說了這麼一句。」

還要再活過來一次麼——

又市把這句話重複了一遍。

「那句話的意思小弟是聽不大懂，只懷疑還要再活過來——或許是質疑他是否還要再復生。若真是如此，聽來還真不像是阿銀小姐會說的話。」

「噢。」

又市若有所思地應了一聲，接著又問道：

「那麼，她後來又怎麼了？」

「噢——」

當時阿銀看首級看得入神，百介問任何問題都沒回答。後來——

「對了，後來來了一個捕快，大概是來巡視還是什麼的罷。阿銀小姐一看到這個捕快……」

臉色就變了——

看來似乎是如此。不，說得正確點——應該是看到那個捕快的面孔才對。百介清楚記得，阿銀原本就白皙的臉色，在剎那間變得更為慘白。

「捕快？」

「是的，八成就是將祇右衛門逮捕到案的與力（註34）罷，記得不是姓笹森，就是姓北町。一瞧見那張臉孔，阿銀小姐就臉色蒼白地躲了起來。噢，或許阿銀小姐她——有什麼難以啟齒的緣由罷，因此小弟也沒追上去。」

姓笹森——只見這御行托著下巴思索起了什麼。

「先生怎會知道？」

「知道什麼？」

「那個前來巡視的捕快的姓氏。」

「噢，說老實話，小弟對此事頗感興趣，因此曾就祇右衛門做過些許調查。」

「調查？」

「雖說是調查，但也僅找到一些不足採信的傳言。逮捕他歸案的是北町奉行所的與力，名曰笹森欣藏。據說當時祇右衛門藏匿於兩國一家小料亭的密室中，連同正在與他密會的盜賊當場被一網打盡。其他的就不清楚了。如同小弟方才所言，各處的捨札上也除了一連串罪狀之外，最重要的東西一切都沒提及。噢，後來唯一知道的，只有這個姓笹森的捕快額頭上有顆很大的痣。當時前來巡視的捕快臉上的確有顆痣，因此想必就是他罷。小弟知道的就只有這麼多了。」

「痣——？」

「記得這種痣叫做福德痣還是什麼的罷，一大顆長在額頭上。總之應該錯不了。」

又市陷入了漫長的沉默。

百介則開始起了戒心。

這個御行果然不得不提防。他太懂得如何以花言巧語潛入人心，當發現自己中了他的招時，已落得只能任其擺佈。當然，由於他的真意與性情都是如此難以捉摸，因此就更得小心——

又市這個人，人稱小股潛。

這個字眼的字義說不上好，指的是見縫就鑽，靠耍些小花招或舌燦蓮花算計他人者。可見小股潛又市這張嘴有多厲害。

而又市閉上這張厲害的嘴時，可就更需要保持戒心了。

只見又市低頭沉思了半晌，待抬起頭來時，臉上已經恢復了他慣有的神情。

「先生——」

「怎、怎麼了？」

註34：江戶時代輔佐奉行、所司代、城代、大番頭、書院番頭等官員管理、指揮同心者之職稱。

「僅穿單薄的白麻布衣，又剃個光頭，小的這身裝扮怎麼看都只適合炎炎夏日。儘管身為一介乞食御行，終究還是難敵歲末寒風。因此，可否請先生——讓小的入內片刻？」

這句話可把百介給問呆了。還沒來得及回話，又市便已低下身子，從他的眼中消失。

不出多久，又市就拉開拉門走了進來。只見他手中提著鞋子，大概是從廊下鑽進來的罷。

「可否容小的叨擾片刻？」

「當然——抱、抱歉，裡頭擠了點。」

百介慌忙挪開堆積如山的紙張書卷，為又市騰出了點位子。由於百介嫌佔位子而將坐墊悉數搬到主屋，小屋內沒有任何坐墊。

又市一坐定，百介便起身準備請人送茶來。

但這個御行以極小的動作制止了百介。

「請先生別費神了。」

「可是……」

「外頭的人看到小的這個沒打前門進來的訪客，豈不驚訝？」

有道理。

「事實上，先生——」

又市壓低嗓門說道：

「阿銀是個江湖藝人，小的則是個乞食御行，雖知曉出生地但並無親族家人，乃所謂的無宿人是也。」

「這點小弟並不在乎。」
小的要說的並非這個，又市繼續說道：
「——而是關於祇右衛門的事。」
「噢——」
祇右衛門是個拿無宿非人當棋子幹壞事的角色。
只見這個御行望向方才自己還站在外頭的窗口說道：
「有明必有暗，有晝必有夜。從明處或許看不出稻荷坂祇右衛門是個什麼樣的人物，但從暗處看可是至為清楚。祇右衛門對小的這種小惡棍而言，是個無人不知，無人不曉的狠角色。」
「噢——這麼聽來，又市先生也和他照過面？」
呵，又市笑著說道：
「因此，只要和他稍有牽連，必會結仇。阿銀在這行的日子也不短。」
似乎真是如此。阿銀這個女人，雖然從外貌完全看不出實際歲數，但從身手來看絕非新手。
「而——」
「祇右衛門他——」
又市將臉湊近百介說道：
「祇右衛門怎麼了？」
「過去——真的『曾死過兩次』。」
「噢？」

百介不禁驚呼一聲。

思索了半晌，他這才參透又市這句話的真意，接著便一臉嚴肅地轉頭望向他。雖然僅藉察言觀色要想看透這神通廣大的小股潛心裡打的是什麼主意，根本就是不可能。

「噢，難道這傳言果真屬實？」

又市點了個頭。

「而且，兩次皆是……」

「兩次皆是？」

「皆是『死得身首異處』。」

「這──不可能罷？」

百介驚訝得啞然失聲。

「這實在教人難以相信──而且死得身首異處──意思可是死於斬首之刑？」

又市點了個頭。

「沒錯，而且首級皆曾於獄門公開示眾。第一次是十五年前。十年前又發生了第二次。」

「這、這哪有可能？官府哪可能將同一人處刑好幾回？總沒道理大費周章地搜捕一個死人罷？即使逮到了，哪有辦法對已死之人判罪，而且還數度斬首？」

「不過，這絕對是真的。」

「可有任何證據？」

證據小的都看到了──又市回道。

「總之，相信與否但看先生自己的決定，不過先生若是不信，小的也完全能理解。然而，只要稍加調查，先生便會發現此事絕對屬實。」

「調查?您的意思是官府曾留下任何正式記載?」

「應該有才是。至少奉行所也會保留調書罷，這類文件可是不會丟的。十五年前那次的在南町，十年前那次的則在北町。」

「若、若是真的，理應不會丟了才是。不過，留下的會是什麼樣的調書呢?這種事，官府也會不知該從何寫起罷?兩度將同一罪人判處極刑，於法實在是太不合理。已經處了一次刑，罪人卻活了過來，還得再殺他個一次，要官府如此寫未免也太——」

「並非如此。」

又市以手勢否定道：

「想必記錄上應是以『同名同姓者』處理。反正稻荷坂祇右衛門年齡、出生地均為不詳。」

「原來如此。」

意思就是即使處了兩次刑，也沒有任何要素能確定遭處刑的就是同一人。若以兩個同名同姓者處理，於法倒是有可能。

「不過——」

百介仍然無法相信。如此一來，不就代表即使遭到處刑的是其他人也無妨?

「若是如此——這些會不會只是替死鬼?他不過是找幾個替身讓官府逮捕罷了。」

「並非如此。」

「若不是，可有任何其他解釋？」

「很遺憾，遭處刑的祇右衛門的確是稻荷坂祇右衛門沒錯。不論是十五年前還是十年前，在仕置場展示的，均為稻荷坂祇右衛門的首級。」

「哪、哪可能——？」

哪可能有這種事？百介說道。

又市正眼緊盯著百介說道：

「但這種事真的發生了。」

「不過，若真的有這麼回事，被處刑的稻荷坂可就不是人了。遭斬首還能復生——這分明是妖怪。」

沒錯——又市依舊目不轉睛地凝視著百介說道。

「這『祇右衛門並不是人』哪！」

這下百介聽得啞口無言。

「又市先生所言——是認真的麼？」

「是的。小的雖然是個小股潛，憑這三寸不爛之舌混飯吃，但膽敢保證絕不輕易撒謊。祇右衛門這傢伙被斬首也死不了，要殺也無從。因此，這傢伙方能長年在不法之徒的世界中保有如此權勢。」

「不過……」

「再者，祇右衛門對弱者而言，是個可怕的狠角色。」

「可怕的狠角色？」

「就某種意義而言，身為不死之身這種事，由於無論幹了什麼樣的勾當都無從懲罰起，因此要比什麼都來得可怕。」

這當然有道理。

「宛如欲望與執著的無間地獄，不斷死而復生是件可怕的事。若由此角度來看——最感到可怕的，可能就是不死之身的祇右衛門本人了吧？」又市說道。

這番話也頗有道理。

「可……可有任何法子結束這無限循環？這聽來實在是太——」

法子是有，只是辦不到——這御行如此回答。

「辦不到？」

「辦不到。據說吃過祇右衛門虧的傢伙超過五萬人，不過這些悲慘的受害者並不只有普通百姓。被他當棋子使喚的無宿人們，幾乎是為了被他握在手上的把柄而被迫賣命。因此，試圖抹殺祇右衛門者其實為數甚眾。不過——沒有一個成功。」

「有這麼困難？」

「並非困難，而是根本不可能。」

又市從擺在大腿上的偈箱中取出一張符咒。

「首先，必須將這張具有焚毀一切妖魔之法力的陀羅尼咒——朝祇右衛門的額頭上貼。」

又市亮出了面積不小的符咒繼續說道：

「待貼滿三日三夜，再斬其首級。至此絕不可取下符咒，須將首級連同符咒一併斬下，並儘速將其焚毀。」

「焚毀——？」

而且必須燒成灰燼，又市回答。

「這聽來簡單，實則無法辦到。小的手中雖有這張符，但既無法貼上祇右衛門的額頭，也無法在貼上後連續三晝夜控制那傢伙的行動。再者，能斬下他的首級的，唯有官府劊子手一致推崇的兇賊劊子手又重郎才辦得到。」

「噢——」

「再者，官府內的大爺也不可能相信世上有這種砍了頭也死不了的惡棍，更甭提有任何捕快願意聽小的這種下賤人等的忠告。結果到頭來即使逮到了人，頂多也只能把砍下的首級拿到獄門示眾。因此——」

他才會不斷復生。這麼說來……

「這、這麼說來，這次他不就又——？」

「是的。或許大家認為——這回他是不會再活過來了。但據先生方才所言，似乎『還得』讓稻荷坂祇右衛門再復生一次才行哪。」

又市如此做結。

【參】

不出多久——

邪惡的傳聞果然開始出現。

也就是——祇右衛門又復生了。

有人說被砍下來的首級經過一個月開始發出閃光，朝丑寅的方角飛去，有人則說首級在哪裡的稻荷堂和身軀接上了，總之一切傳聞，都離不開怪談的範疇。

還有人宣稱看到一個長相與祇右衛門神似者在吉原遊廓（註35）二樓朝下眺望，也有人表示在上野廣小路（註36）和一個酷似祇右衛門的人物擦身而過。這類傳聞亦不在少數。

每一則傳言中的人物應該都是祇右衛門沒錯，但有些人說他的頭髮悉數變白，有人說他雙眼變紅，也有人說他面色如土，所有傳言悉數經過一番加油添醋的潤飾。雖然說法五花八門，但共通的是，每一則都提到復生後的祇右衛門頸子上纏著一條圍巾。

意即，原本分了家的身與首，試圖遮蓋接合處的傷痕。

看來他果真成了個妖怪。

雖然這類奇聞怪談悉數不足採信，但在此同時——諸多惡事正在私底下橫行的傳言，也不時

註35：遊廓意為花街柳巷。吉原遊廓為江戶時代之合法妓院聚集地，原位於今日本橋人形町，後於明曆大火中毀於祝融，而遷移至淺草寺後方之日本堤。

註36：廣小路意為大馬路，原為江戶時代為防火而區隔接區所規劃。其他尚有兩國廣小路、淺草廣小路等。

傳進百介耳中。

脅迫、騙取、詐欺，各種僅在私底下進行的惡劣恐嚇——此類犯罪由於難以浮上檯面，因此並沒有引起任何軒然大波，然而這一切事件的手法與昔日稻荷坂一夥人的實在太近似，因此許多人認為應由祇右衛門所主導。

不過……

由於欠缺證據，因此看來一切純屬謠傳，可能僅是一度冷卻的傳言再次死灰復燃罷了。百介無法悉數相信這些傳言，幾經調查之後也依然毫無頭緒，因此在百介心中，僅留下幾分真相未明的恐怖。

——人死復生。

遭斬首者，身首再度結合而復生。

這種事真會發生？雖然百介相信世上確有神怪，對這傳聞卻仍是難以置信。畢竟即使是狐狸精，只要被砍了頭也就一命嗚呼了不是？

難道此人對世上最可怕的邪惡的執著，竟能讓他顛覆自然天理？

一如上古傳說中的玉藻前，也就是白面金毛九尾狐（註37），死後化為散放瘴氣之殺生石——難道如此惡人的邪惡心腸，也能化為肉身？

百介認為這實在難以置信。

——不過，他也記得又市曾說過些什麼。

與百介不同，又市認為世上絕無奇事。雖然一身僧侶打扮，但這個小股潛骨子裡其實是毫無

信仰。事實上，打從數度與又市共事後，就連百介也開始感染上了他這股氣息。

但原本不信鬼神的又市，此次竟然……

堅稱這傳言屬實。

想到這裡，百介不禁感到毛骨悚然。

每當聽到任何惡事的傳言。

百介都會不由得幻想祇右衛門頸子上帶著一輪傷的模樣。理所當然，這妖怪頸子以上的——

——就是獄門台上那顆面色發黑的首級。

這教他感覺到一股無可言喻的恐怖。

自然而然地，老是窩在小屋裡的百介，這下變得更是足不出戶。

幾經調查，唐土那些死後仍能四處活動的屍妖名曰殭屍，字意為死後的屍體，代表這乃是死人而非幽魂。據傳這類妖怪力大如熊，雖仍保有人形，但性質上已非活人，屢以怪力襲人食之。除了將其焚毀之外，幾乎無法可擋，僅有道家繪製的符咒有辦法封其妖力。

據傳將符咒往其額頭上貼，殭屍便會靜止不動。

看來又市的說法或許有些道理，百介心想。

註37：玉藻前為架空人物，相傳為平安時代末期，由一隻白面金毛九尾狐所幻化的絕世美女，年紀約二十前後，曾侍奉鳥羽上皇。後來由於上皇臥病，陰陽師安倍晴明發現病因乃實為九尾狐之玉藻前，玉藻前因此恢復原形逃逸，鳥羽上皇亦組織部隊搜捕。被宰殺後，九尾狐化為一顆散放致命毒氣之殺生石，至市町時代方為玄翁和尚所破。據說殺生石於遭破壞的同時飛散四方。相傳此傳說乃以深受鳥羽上皇寵愛、原名藤原得子的皇后美福門院為藍本。

於北町奉行所擔任定町迴（註38）之同心田所真兵衛，就在此時——也就是冬季中旬，前來生駒屋造訪。

這八丁堀（註39）的捕快突如其來的造訪，將百介嚇得臉色鐵青。

而且他求見的並非掌櫃，而是百介本人。這教百介納悶得數度向前來通報者詢問，對方是不是將自己誤認為店家的主事者。

他不記得自己曾做過任何違法情事，不過和一些偷雞摸狗的小惡棍有往來倒是罪證確鑿。畢竟百介原本就對自己這吃軟飯的身分感到心虛。

實在不知該如何同這些當差的打交道。

聽到外頭不斷喊著少爺、少爺的，百介只得心不甘情不願地走出去會客。

只見喜三郎——也就是大掌櫃與妻子阿瀧已在座敷中坐定，還有一名長相頗為怪異的武士背對著壁龕坐在房內。一看到百介戰戰兢兢地拉開紙門，喜三郎馬上畢恭畢敬地說：

「這位就是已故大老闆之子——百介先生。」

接著又介紹道：

「這位是八丁堀的田所大爺。大爺表示有要事與少爺相談——」

「要事——？」

「掌櫃大爺，接下來的對話乃至高機密，因此，能否請大爺稍事迴避？」

田所語氣嚴峻地說道。

掌櫃夫婦離開後，房內的氣氛就更教人難熬了。

百介交互地望著榻榻米上的紋路與田所的臉龐。

這同心的長相的確怪異。

他的臉孔和下顎長得異常。一對眼睛倒是生得雪亮，上頭的八字眉也彎得奇形怪狀，教人看一眼就印象深刻。

不過——身形卻是毫不出色。

一身羽織不僅縐紋滿布，穿得也十分邋遢。

鬍子也剃得不是很潔淨，鬢角和髮髻都雜亂如叢生雜草。

從外表看來，他似乎毫不在意自己的打扮。

總之，看起來實在是寒酸至極。

和地方武士不同，町內同心大多收入豐厚，坐享名望，因此月代（**註40**）大都剃到鬢角，髮髻也都結成銀杏狀，身穿黑紋的羽織，袖袋則朝門差（**註41**）的刀柄蓋上一寸，從頭到腳一身瀟灑，出巡時的和服便裝之俊俏也是飽受推崇。不過這理應是無比瀟灑的裝束被穿成這副德行，教他看來活像個忘了穿上袴的懶骨頭，完全不像個樣。

「請問——」

註38：原文作定町廻り，乃江戶時代同心職種之一，職責為巡邏市內、取締不法情事。
註39：東京都中央區地名，北町奉行所之官舍曾設於此。
註40：江戶時代男子將前額至頭頂的毛髮剃成半月形的髮型。
註41：將佩刀水平插在腰際。

在下並不在行。」

「其實——」

兩人竟然搶在同一時間開口。

百介詞窮地低下頭去，田所那張閉不攏的嘴則一開一闔。

「噢，這……該說些什麼呢——哎，咱們就放輕鬆些罷。要裝得一副正經八百的，在下並不在行。」

語畢，這同心便抬起雙腿盤坐了起來。

「在下就單刀直入地說罷。其實，在下和令兄山岡軍八郎乃同門出身——」

百介的親生大哥是八王子千人同心的一員。

和百介截然不同，他這個大哥不僅生性嚴肅認真，操起刀來據說也是武藝高強。

他口中的同門，指的應該是兩人曾在同一個道場習武罷。

田所表示兩人同為熊澤道場出身。

「——雖然已經是很久以前的事了，不過現在和令兄依然很親近，每個月必有一次往來造訪。或許是令兄和在下同樣是個不懂情理的木頭人罷，和在下可說是臭氣相投。總之，令兄曾向在下提及先生的事。」

「噢——」

正如田所所言，軍八郎是個性情耿直的人物。不過，他到底告訴了田所什麼？

「令兄表示——先生精通和書漢籍，通曉各種民俗迷信、宗教禮儀，對古今東西之奇聞異事頗有獨到見解。」

田所說道。

「而且，據說先生還經常雲遊列國蒐集巷說奇談。請問這可屬實？」

是可以這麼說，百介回答。雖然的確是這麼一回事，不過被過度評價其實也挺困擾的。

「家弟學識淵博，如此博學之士埋沒鄉野實屬可惜，軍八郎對在下是這麼說的。」

「小弟懂的不過是些沒用的雜學罷了。」

「先生太客氣了。先生在搜捕八王子的野鐵砲時也曾立下大功，調書在下也已經查閱過了。」

田所歪嘴笑著說道。

「那麼，請問……？」

「喂，請先生就別再緊張了。在下在北町的定町迴中不過是個小角色，就請先生您儘管放輕鬆罷。」

雖然對方這麼說，百介依然不敢放肆。

「反正在下也不喜歡裝嚴肅。事實上，百介，這件事在下已考慮良久。」

是什麼事讓他考慮良久？田所蹙起原本就歪扭的眉毛說道：

「百介，可以如此稱呼先生麼——？」

他是指直接喊自己的名字麼？請、請便，百介誠惶誠恐地回答。

「那就別再戰戰兢兢的了。那麼，百介——」

其實，是有要事相談，田所壓低嗓門說道。

「有要事相談？」

「雖說是相談，其實不過是想借用百介的知識。議題無他，就是關於這陣子造成世間騷動的——稻荷坂祇右衛門的事。」

「關於祇右衛門的事？」

想必百介應該也聽說過罷？這同心吸了吸鼻涕說道，坐姿也變得更吊兒郎當了。

「那些關於他身首結合，又活了過來的傳言。雖不知有幾分是真的——」

此時，田所的神情突然緊張了起來。

「請問，這可是真的？」

百介露出一個苦笑。

原來他找上門來，是為了這件事。

「大爺就別再捉弄人啦。難道大爺這趟來，就是為了試探小弟？」

「試探？」

「是呀。大爺身為奉行所的捕快，理應認為此類流言蜚語不足採信。站在官府衙門的立場，不是該對此類迷惑人心、擾亂社稷的俗惡言說加以取締才是？為何還——」

百介窺伺起他的神色。只見田所一臉悵然若失地回答：

「不不，這兩者可不能相提並論。若只是單純的搜捕取締，今天就無須前來請益了。那麼，百介可有什麼看法？世上是否真可能有這種身首結合後復生的妖怪？」

「不可能。」

百介再次斷言道。

「或許是小弟才疏學淺，不過小弟四處查閱，均未見到類似的記錄。」

是麼——這下田所的眉毛歪向了另一頭。

「大爺可有任何質疑？」

「噢……」

這長相怪異的同心先是雙手抱胸，最後捧起了腦袋說道：

「其實——祇右衛門似乎還活著。」

「什、什麼？」

百介不由得驚呼一聲。但田所依然是一臉認真。

「可、可是……」

「而且——百介，那傢伙過去的確曾遭斬首示眾，在獄門曝曬三回，至今卻仍活著。」

「噢。」

田所納悶地皺起了臉。這下輪到百介想發問了。

「這小弟是不相信……」

「奉行所內也無人相信。不——毋寧說，大家對此都刻意佯裝視而不見。因此，在下才想來詢問是否有這類怪奇萬千之前例，一解心中疑慮。」

「原來如此——不過……」

「第一次是在十五年前，接下來則是……」

「十年前？」

「沒錯，先生可真清楚。最後一次就是上個月。當然，向來標榜公正不阿的奉行所，不可能相信這種荒誕的說法，因此在記錄上以不同人視之。不過，別說是姓名，每一次就連犯罪手法和罪狀都完全相同，可是事實。」

「不過，大爺。」

稱呼在下田所便可，這同心說道。

「那麼，田所大爺，如此看來，豈不是僅能以不同人視之？」

雖然又市曾堅稱是同一人——

「在下也曾如此認為。譬如道上人物屢有以二代目、三代目之名義承襲同名之例，因此，原本也曾認為祇右衛門或許也是個代代相襲的名字。不過……」

「不過——仍有其他疑點？」

「祇右衛門從未擁有任何正式組織，不過此乃這傢伙的聰明之處。雖然得以隨心所欲操控大批無宿人，有時也能幹些大規模的不法勾當，但稻荷坂祇右衛門平時總是獨自行動，因此極難逮捕。即使膽敢與南北兩奉行所、火盜改（註42）、甚至彈左衛門為敵，依然有辦法悠悠哉哉四處為惡。不過，這代表祇右衛門其實是後繼無人。即使有，也不過是冒用其名義之騙徒。只是……」

「只是什麼？」

「將其逮捕到案後，官府便找來證人求證，個個都堅稱其乃祇右衛門無誤。不，不僅如此證言，還都畫了押。上一回也是如此，個個都堅稱吃了這傢伙這麼久的虧，當然認得出這絕對就是他本人。這究竟是怎麼一回事？」

難道——真的是他本人？

「不僅如此，事實上——祇右衛門在接受審問時，也都曾陳述過自己的出生地和出身。」

「真的麼？但捨札上頭為何沒有任何記載？」

因為不能寫，田所回答。

「請問為何不寫？」

「並不是不寫，而是不能寫。為何不能寫？理由十分簡單，就是那傢伙所自稱者——早在十五年前就已經死了。」

「噢？如此說來——上個月在獄門示眾的祇右衛門，和第一次的祇右衛門乃同一人？」

「一點兒也沒錯。那傢伙所陳述的經歷，和十五年前死於獄門之刑的祇右衛門的調書內容完全雷同。」

田所悶悶不樂地說完後，緊緊抿起嘴角。

「且、且慢，田所大爺。請問第一次伏法的祇右衛門的身分是——？」

「記載內容為：稻荷坂祇右衛門，隸屬彈左衛門旗下，乃淺草新町公事宿（**註43**）之幹事。」

「公事宿——？」

「沒錯。此實情雖無法公開，但在十五年前的調書中仍有清楚記載。十五年前在下仍是個實

註42：「火付盜賊改方」之簡稱，為江戶時代專事取締縱火與搶劫等重罪之官職。

註43：江戶時代供為訴訟前往江戶、大坂、京都者寄宿的機構，亦代為行使部分訴訟相關事務。

習同心，不過此事倒是記得十分清楚。公事宿原為供入城鄉民寄宿之處，但亦為須前往彈左衛門役所或奉行所進行訴訟或接受審訊者提供各種協助，寄宿者不乏無宿者或河原者（註44）。祇右衛門巧妙地乘職務之便，掌握這等人的弱點後佔其便宜，並脅迫這等人為自己幹些壞勾當。將弱者逼上絕路，利用其為所欲為，哼，簡直是個十惡不赦的混帳——」

田所憤慨得講起話來口沫橫飛。

「在、在下生平最痛恨的，就是這種玩弄弱者於指掌之間的大惡棍。」

「這心情小弟十分瞭解。不過……」

噢，抱歉岔題了，田所拉正衣襟繼續說道：

「十五年前的調書上說的大致就是這麼回事。或許是這傢伙濫用職權幹壞勾當，不小心出了什麼破綻罷。彈左衛門得知他的部分作為，當然是勃然大怒，馬上下令將祇右衛門捉拿到案。由於事前得到風聲，祇右衛門旋即竄逃，最後為了躲避為數甚眾的捕快搜捕，逃進了柳橋（註45）一家小料亭中，而且——」

「而且怎麼了？」

「想必是狗急跳牆了罷，祇右衛門竟然還殘酷地殺害了料亭老闆的千金。這下就遭官府給逮捕了。瞧這傢伙，簡直是壞到了骨子裡。但這案子若照規矩辦，彈左衛門的面子可掛不住。奉行所想必也將遭受各方指責。因此，才決定將祇右衛門的身分按住不表。祇右衛門就這麼在一切不詳的情況下人頭落地。但即使如此……」

「五年後——也就是十年前，他又死了一次？」

「沒錯。」

田所一口氣喝乾了送上來的茶。

「在下感覺情況有異，因此曾上南町查閱十年前的調書。結果……」

「發現上頭記載的經歷完全雷同？」

「一點兒也沒錯。想必當時官府也是飽經掙扎。調書上如此記載：此人自稱彈左衛門旗下之稻荷坂祇右衛門，多次為惡，罪證確鑿——經確認，此人五年前亦曾遭北町判罪，然理應非同一人——」

「並非同一人？」

「並非同一人。不過——這回在獄門示眾的祇右衛門，不僅供述內容依然大同小異。年齡也十分符合。十五年前年約四十，十年前年約四十五，而這次首級於仕置場示眾之祇右衛門則年約五十五。而且，更奇怪的是，三者身上都有著相同的特徵，而且還是個無可抹滅的特徵。這難道會是偶然？」

——祇右衛門並不是人。

——這傢伙被斬首也死不了。

註44：從事牲畜屠宰、皮革加工、掘井、歌舞伎、搬運、行商、造園等職業者，於豊臣，德川幕府政權時代被歸類為下等賤民。

註45：今東京都台東區東南部，江戶時代曾為知名的花街柳巷。

——這絕對是真的。

「這——難道是真的？」

「先生也如此認為？」

「不，只不過——」

「若這件事是真的——」

若這件事是真的，可有任何解決之道——這就是在下想知道的，田所如此說道。

「解決之道——？」

「沒錯。若此事果真屬實，這等妖怪絕不是奉行所的人能夠應付的。不過，目前已是刻不容緩。其實——」

田所往前探出了身子，面帶兩眼圓睜的古怪表情說道：

「接下來所要說的，還請先生務必保密。昨日傍晚，吟味方（註46）頭號與力笹森欣藏殿下——遭人擄走了。」

「什、什麼！」

百介驚訝地站起了身子。

「下手者便是祇右衛門。不，正確說來，為某以祇右衛門自稱之輩。」

「笹森殿下——不就是那位甫將祇右衛門逮捕到案的與力？記得曾聽聞其劍術高超——」

「沒錯。論武藝，笹森殿下居吟味方與力之冠，於全北町內亦屬首屈一指。不過這次卻在年輕的小廝與從僕伴隨下，於返家途中遇襲。接獲通報時——沒有人相信這種事竟然會發生。」

百介聽了也不知該如何回答是好。遇襲的並非孩童或姑娘，武藝如此高強的武士，怎可能被人擄走？

「根據年輕僕人所述，當時突然有一大群『身形齷齪』之輩——噢，恕在下不擅言語，僅能形容得如此粗俗，也就是幾十名未梳髮髻、衣衫襤褸的不法之徒，不約而同朝他們一擁而上——當時的情況似乎是如此。這群人在剎那間遮蔽了一行人的視線，沒多久大家就發現與力殿下失蹤了——」

「這——」

「噢——自歲暮開始以來，便曾聽聞笹森殿下屢遭一江湖女藝人、或一裝扮古怪的乞食僧跟蹤。不過在下原本以為這些不過是附會祇右衛門傳聞的無稽流言。」

「人真的被擄走了？」

「今日已收到了通牒信。」

「送件者真是祇、祇右衛門？」

「真是祇右衛門。信裡頭寫著——斬了老子三次首，這下終於輪到我報復了。笹村已經被老子給殺了，但也無須費力調查搜捕，反正獄門、磔刑都無法傷我祇右衛門分毫——簡、簡直是毫無天良！」

田所再度情緒激昂了起來。

註46：吟味為審訊之意，此指奉行所內負責審訊之機構。

這下百介瞭解了。

田所這個捕快果真是個罕見的好漢，同時卻也是個極沒用的正義之士。在定町迴中不過是個小角色——看來他所言果然不假。

果不其然，田所開始抱怨起奉行所的同儕們。

「這些糊塗蟲完全不了解事態是如何嚴重，也不仔細想想，現在被擄走的可是個吟味方頭號與力呀，理應是個驚天動地的大事，豈有繼續放任此等惡人逍遙法外的道理？如此不僅將損及奉行所之聲譽，嚴重者甚至將影響官府之威信，恐有導致政令難行之虞。」

田所口沫橫飛地說道。

「不過……」

這些傢伙就是不行——說完田所頹喪地垂下了腦袋。身為一個熱血硬漢，卻也因此飽受冷落。他這副德行，在奉行所內的確註定要遭人白眼。

智者忌捲入糾紛，賢者好穩當行事。在智者與賢者理應佔大半的奉行所內，堅持據理力爭或嫉惡如仇者——不論立場是如何正當，註定要被按上愚蠢的烙印。

「沒有任何人相信祇右衛門還活著。十五年前、十年前的也就算了，就連一個月前的判決都無人相信。」

難道真該就此打住？同心湊近百介問道：

「百介呀。不覺得祇右衛門若真是不死之身，再怎麼將其緝捕到案也是無用？反正即使獄門、磔刑等極刑，都無法置其於死地，即使判其鋸刑（註47），也無多大意義。這下能考慮的法子

僅剩流放荒島、或判其終生監禁。不過，斬其首仍不殞命者本已非人，將其投獄或許也無任何效果。再者，此人已是如此罪大惡極，若僅判輕刑，對外也難收殺雞儆猴之效。到底……」

到底該如何處置？

官府內的大爺不可能相信世上有這種砍了頭也死不了的惡棍——

更甭提有任何捕快願意聽小的這種下賤人等的忠告——

——法子並不是沒有。

田所大爺——百介抬頭望向這長相怪異的同心說道：

「祇右衛門雖為不死之身，但若欲誅之，法子不是沒有。」

百介說道。

【肆】

田所離去後，百介認為此事必須儘快找又市商量，便馬上動身前往又市的居處。不過，這個四處漂泊的御行應該不會乖乖待在家中才是，再者，百介也不知道又市的正確居處。

總之，百介先趕到了麴町。

註47：日本古代最重的極刑，多判於弒親、弒主之罪犯。先將受刑者縛之，再以刀淺劃其頸，旁置一鋸示眾二日。原本每位參觀者得以鋸子劃其頸一兩刀，至江戶時代鋸子改為形式上的展示性質，受刑者於示眾二日後以磔刑處死。

又市曾表示自己住在麴町一個名叫念佛長屋的破爛長屋裡。

但到底哪一棟才是這個小股潛的窩，百介心裡可是完全沒個底。

不過，又市倒是有個同夥也住在這處長屋裡。

想和又市取得連絡，只好先找到這號人物了。

這號人物，名曰事觸治平。

是個曾幹過盜賊的兇狠老翁，同時也是喬裝高手。

百介踩著水溝蓋穿過小巷，來到了治平居處門口，旋即敲了敲門。

是誰？屋內有人語氣冷淡地問道。

拉開闔不大攏的門，百介看到一個個頭矮小的老翁正在收拾東西。上回看到他時是一身百姓打扮，這回看來則像個師傅。

喂，老人先朝百介瞄了一眼，接著便粗魯地打了聲招呼。只見他手上握著一支看似針的東西，似乎是刺青用的工具。之所以看來像個師傅，就是這工具使然。

「上回多謝先生幫忙。」

治平說道：

「我料到先生也差不多要來了。」

「是麼——？」

百介也沒走進門，便如此問道。

他憑什麼料到百介要來？

被這麼一說，百介只覺得這下更不好意思進門了。

治平匆匆忙忙地收拾著工具。百介一時不知該如何開口。

「治平先生也替人刺青？」

到頭來只問了這麼個無聊的問題。

「我什麼活都幹。」

只換來這麼個依舊粗魯的回答。

倒是，先生就快進來罷，老翁轉過身來說道。雖然他看起來一臉不悅，但百介知道他通常就是這副神情。

這下只能默默走進屋內。

「請問——又市先生人在——？」

「阿又和阿銀一起出去了。那姑娘若出了什麼差錯，咱們可都要遭殃。」

「這回——又要設什麼局？」

「嗯，都快過年了還得淌這種渾水。不過——哎，這件事也是非辦不可。打鐵得趁熱，再拖下去只怕夜長夢多。」

治平咕噥著百介聽不懂的牢騷，並向他遞上了一塊破破爛爛的坐墊。

「怎麼啦？瞧先生一臉陰沉的。既然是隻悠遊天際的蜻蜓，就該有副蜻蜓的悠哉模樣才是呀！先生哪像咱們這些窮人，根本無須為混口飯操心不是？」

治平說這些醜話時也總是一臉認真，教人猜不透他心裡到底在打些什麼主意。

「遺憾的是，目前並不是秋天，蜻蜓碰上冬天可就難熬了。」

百介淡淡地回了一句。是呀，老翁回以一聲宛如呻吟的感嘆，開始搓揉起身子。

「對了，阿又託我轉交這個，說是先生要的——」

只見他以粗糙的指頭朝矮飯桌上一指。

朝指頭的方向望去，百介看到鎮尺下壓著一張自己也曾見過的陀羅尼咒。

「他說先生一定會上門討這個，屆時就把它交給先生。」

「噢——」

還真是準備周到。看來這小股潛早料到會發生些什麼事。百介探出身子挪開鎮尺，拿起符咒端詳了起來。

符咒寫在一張牢固的和紙上，上頭寫著墨跡鮮明但難以閱讀的文字——也就是咒語，還蓋有大大小小的紅印。

拿到手上，才發現這張符比自己想像得還大。

「雖然不是很清楚，但用法似乎很簡單。只要在符咒背面上層膠，再將它朝對方這兒——」

治平指著自己的雙眉之間說道：

「朝這兒一貼便成。」

「得貼在額頭上？」

和對付唐土那妖怪的法子一樣。

對呀，治平回答。

「據說只要這麼一貼，對方就動彈不得了。噢，不過阿又說過——這符得對方真是狐者異才有效。」

「狐者異？」

「對呀，他是這麼稱呼那妖怪的。這種名字的妖怪我可是聽都沒聽過。阿又說，極度戀棧人世的死者就是這麼稱呼的。反正，大概又是個又市最擅長的怪力亂神罷。」

「怪力亂神？」

「是怪力亂神呀！管他是個御行還是個人形，只要打扮得一副裝神弄鬼的，就連嘴裡講的話都會變成怪力亂神。虧那傢伙對什麼亡魂呀、妖怪呀，根本是信也不信。還曾熔了佛像拿去轉賣哩。直到前一陣子，還成天拿符咒來揩屁股、擤鼻涕的。這傢伙厲害的，還不就那張嘴——」

治平邊嘀嘀咕咕邊站起身子，拿起火鉢上的鐵瓶朝小茶壺裡添熱水。

的確，不論是又市還是治平，對這種傳聞的態度都甚為冷淡。雖然這些傢伙幹的淨是些破天荒的勾當，卻不相信任何不合條理的傳言。只是百介就是無法看得像他們這麼開。畢竟愈是相信人間一切須合乎情理，愈會感到世間充滿不可思議。

治平將看不出是熱水還是茶的液體倒進缺了口的茶碗裡，遞向百介。

「正好忙完一樁案子，就來喘口氣罷。從屋縫裡滲進來的寒風還真是刺骨哪——」

百介皮笑肉不笑地接下了茶碗。

「倒是——治平先生可曾見過時下廣為街坊議論的稻荷坂祇右衛門？」

除了這個，也沒其他話題可聊了罷。

我可沒見過，治平回答。
「碰上這傢伙可要惹得一身腥，所以咱們一夥從不和他打交道。不過，先生打聽他做什麼？」
「噢——不過又市先生和阿銀小姐似乎都認識他，所以才想問問治平先生是否也認識。阿銀小姐甚至還表示和他有舊仇。」
「有舊仇呀——」
只見他這反應和又市一模一樣，不過接下來的話可就不同了。
「——說得也是。阿又那傢伙也就算了，但對阿銀來說，那的確算是舊仇罷。」
治平一臉不悅地說道。可否請問這是怎麼一回事？百介問道。
這下可就更教人好奇了。難道阿銀這女人也有愛恨情仇？想必也是有罷。
治平再度哼了一聲，接著說道：
「別看阿銀生得那副德行，從前可也吃了不少苦頭。她原本可是個和這種餐風露宿的日子完全無緣的女人哪。」
「噢。」
她從前可是個一流料亭的千金呢，治平說道。
「料亭——千金？」
「是呀，她兒時可是個嬌生慣養的千金大小姐哩。據說茶道、花道、琴棋書畫她可是樣樣精通，同時還能歌擅舞，一個大小姐該學的她可是全都學過了。」
「噢——」

百介聽了頗感驚訝。

這些小惡棍們有個共通的特性，那就是沒一個喜歡提起自己的過去。

而且若對他們的出身感到好奇，問題通常也問不出口。和又市這群人往來，百介最得小心的，就是有哪些問題不該問，問話的時候也常為該問到什麼程度而躊躇不已。

這下卻——

聽到治平如此乾脆地把人家的身世全抖了出來，的確教人大為驚訝。

「噢，不過這也不代表她的環境就有多好。」

說到這裡，治平拿起缺了口的茶碗喝點東西潤潤喉嚨。

「阿銀她——就連個爹都沒有。」

「是父親早逝麼？」

「不，她原本就沒有爹。理由是，阿銀她娘是那家料亭的獨生女，後來喜歡上了一個男人，懷了他的骨肉。可是那男人，哎。」

「——不是個老實人？」

「不，據說兩人都是真心的。不過先生呀，世上有許多鴻溝是無從跨越的。」

「無從跨越的——鴻溝？」

「是呀。比方說——先生和咱們這夥人不就完全不同？原本是武家出身，如今還是個大商家的隱居少爺，大哥又是個同心大爺。」

「噢，不過……」

「而我，不過是個罪人、無宿人。既沒個戶口，又無親無故的。咱們即使再怎麼親近，彼此之間不也有道無法跨越的鴻溝？噢。」

治平完全沒讓百介把話說下去。

「即使有再多抱怨，這畢竟是世間的規矩，再嘀咕也沒啥用。總之阿銀的爹娘就為了這理由而無緣白頭終老。」

意思是——兩人身分有別？

她爹大概是個身分尊貴的武士——例如旗本子嗣之流罷，百介心想。

不過呀——治平以灰暗的語氣說道：

「噢——雖然沒有爹，阿銀畢竟是個大店家的嬌貴千金，身邊總是不乏爺爺、奶奶、奶媽還是僕從隨侍在側，日子想必過得很幸福。不過先生應該也知道罷，幸福這種東西，可是隨時都可能溜走的。」

「溜走——？」

——這種事可不想聽。

百介剎那間如此想道。

這種事聽了也沒用。

聽了只會教人難過、惆悵罷了。

治平以一對目色渾濁的小眼睛凝視著百介問道：

「要聽麼？」

「噢，這……」

要聽，百介回答。

「在阿銀十歲還是十二歲那年，阿銀眼睜睜地看著她娘在自己眼前——遭人給殺了。」

「此、此事當真？」

難道就是那件事？

「請問兇手可就是——祇右衛門？難不成阿銀家就是那柳橋的——？」

「對，一點兒也沒錯，先生不愧是博學多聞。那件事發生在十五年前。阿銀她娘被祇右衛門，或者是一個以祇右衛門當幌子的『計謀』給殺了。」

獄門那顆發黑的首級。

就是她娘的仇人？

原來如此，這麼說來……

不過……

若是如此。

還要再活過來一次麼——？

那句話又是什麼意思？

還要再活過來一次麼，這句話是說給那顆首級聽的麼？

「那麼，阿銀小姐她——」

阿銀她——究竟是帶著什麼樣的心情端詳那顆首級的？百介當然無法理解，也無從想像親眼目睹自己的娘慘遭殺害會是什麼樣的心情，更甭提看到那顆兇手的首級——而且還是曝曬獄門的首級時的心境了。」

而且，這個仇人還是個——

「祇、祇右衛門他……」

還要再活過來一次麼？

「祇右衛門還會再……再活過來？」

哼——治平不屑地說道：

「我哪知道他會不會再活過來？這與我完全無干。」

「但若是如此，阿銀她不就——」

「她呀，可不是個好欺負的女人。先生就別為她操這個心了。」

「話是如此，不過……」

「等一等。」

治平緩緩站起身子，從廚房取來了一瓶看似濁酒的東西，碗也沒洗就倒了喝下去。

「阿銀可不是個『好惹』的女人呀。就憑先生這點看人的本事，看她可是看不透的。」

「是麼——噢，這小弟當然很清楚。不過對阿銀小姐來說，祇右衛門是個殺親仇人，這點可錯不了罷？」

「是仇人呀。」

「那麼……」

「不過，阿銀她——『曾報過一次仇』。」
「噢？」
我說她曾報過仇，治平看似一臉憤怒地說道。
「——不過，只報過那麼一次。照理說，這下恩怨就該結了。」
「請、請問是什麼意思？」
「先生想聽麼？瞧先生一臉好奇。不過，像先生這種正派人士，沒喝個幾杯恐怕聽不下去。」
治平說完，向他遞出了濁酒。
百介也誠惶誠恐地遞上了茶碗。
「自從捲入祇右衛門那件事之後，阿銀家的料亭就變得支離破碎。不出多久大老闆死了，老闆娘也從此臥病在床，沒多久就過世了，落得料亭只好拱手讓人。在不知不覺間，阿銀就成了個孤女。」
「噢——原來是這麼回事。」
「沒錯。不過先生，一個乳臭未乾、沒見過什麼世面的小姑娘，就這麼突然變得無依無靠，被迫孤苦伶仃地活下去，想想這有多辛苦罷。」
不難想見，百介心想。既膽怯又懶惰的他完全無法想像原本是如此境遇，卻遭逢這等橫禍，有多少人能繼續懷抱希望把日子過下去？
「即使如此，阿銀還是毫不悲觀，勇敢地活了下來——」
還真是個堅強的女人哪——治平說道。

不過即使表面上再怎麼堅強，身後背負的是多少陰霾、多少悲傷、多少忍耐，絕對是旁人難以理解的。這下阿銀的臉龐在百介腦海中浮現，一想到她就不禁感到悲從中來。

「不過先生哪，俗話說天無絕人之路，倒是有個男人——收留了阿銀。」

「收留了她？」

並不是將她金屋藏嬌什麼的，治平說道。

「當時她還是個小姑娘，總不可能讓人金屋藏嬌什麼的。想必那男人也沒打過這種主意罷。雖然不知道是為了什麼目的，總之那傢伙收留了流落街頭的阿銀，讓她繼續過起原本那千金小姐的日子。」

「這——果真奇怪。」

「是呀。不過先生，這世上終究還是沒這麼好的事。」

「沒這麼好的事？請問是什麼意思？」

「我的意思是，收留了阿銀的，可是個教這一帶的地痞流氓聞風喪膽的——黑暗世界的大惡棍、大魔頭。」

有些事可都是命中註定的，先生——治平低聲說完，又向前遞出了濁酒。

小弟不用了，百介伸手婉拒道。

「如此惡棍為何要收留年幼孤女？」

「這我也不知道。或許是一時出於同情，還是想抵消些自己的罪孽，總之，也不知道他打的是什麼主意。不過，這個惡棍並不打算讓阿銀也走上這條路，而是準備將她養好嫁人。不過——

周遭的環境可是會造成耳濡目染的影響的。」

「難道阿銀小姐她也……？」

「所以我說是命中註定的呀！」

治平將酒一飲而盡後繼續說道：

「看來還真教人不得不相信，這女人生來就註定要如此命苦——想到這兒連我都開始不忍了。沒有人是自甘墮落的，每個人都期望自己能好好過日子。不過要是被噩運給纏上了，可是怎麼甩都甩不開呀。」

治平的眼神開始黯淡了下來。

「到頭來，阿銀終究還是淪落到『咱們這世界』來了。」

百介只能不寒而慄地將視線別開。

「不過，她並非迷迷糊糊走上這條路的。畢竟她可不是個這麼傻的女人。阿銀很可能是——」

一心想為她娘報仇罷，治平說道。

「為了報仇——？」

「這件事從沒聽她本人說過，因此實情並不清楚。不過，也不知是讀出了她的心意，還是受其他人所託，收留阿銀的男人——御燈的小右衛門，過了一陣子就向祇右衛門出手了。」

「是麼？那麼，十年前祇右衛門二度伏法，就是這個人，也就是阿銀小姐的養父的——」

「沒錯。」

治平以嘶啞的嗓音低聲說道。

「當時，原本幹盜賊的我正為金盆洗手藏匿了好一陣子，因此詳情並不清楚。不過稻荷坂祇右衛門這傢伙，對不法之徒們來說的確是個眼中釘。」

「不法之徒們的眼中釘？不是奉行所的？」

是呀，治平回答。

「對不法之徒們而言，他可是個礙事的傢伙，教大家什麼事都難辦。這些不法之徒多半是為環境所迫的天涯淪落人，因此對祇右衛門這種危害自己弟兄的傢伙自是深惡痛絕。」

意思是，他是個危害不法之徒的不法之徒？

這麼看來，祇右衛門可就是同時與黑白兩道為敵了。

「不過，最受困擾的要屬普通百姓，以及已是走投無路、卻又被祇右衛門捉住把柄的傢伙。他和淺草的彈左衛門老大原本就不合，與非人頭的老大也起了爭執。因此，正派百姓就甭說了，就連香具師、地痞流氓、乞胸、或是座頭（註48），對祇右衛門也都是敬而遠之。想買兇幹掉他的仇家不知凡幾，只是一直找不到人願意下手罷了。所以到頭來，或許就輪到阿銀她養父小右衛門接手。不過，據說當時助他一臂之力的——就是阿又這個小股潛。」

「又市先生——？」

「畢竟那傢伙是個伶牙俐齒的小惡棍嘛！當時還是個剛出道的新手，大概是想藉此闖出個名號罷，詳情我並不清楚。畢竟那傢伙極少提起自己的往事。」

原來又市那麼早就和祇右衛門交過手——難怪對他的底細如此清楚。

不過……

祇右衛門是否真的沒死？

不——死是死了，只是事後又活了過來。

「也不知道那小股潛設了什麼樣的局，小右衛門又採取了什麼樣的行動。總之，祇右衛門因此伏法遭刑，首級也被擺到了獄門示眾，該報的仇算是報了。不過，阿又這傢伙，當時和小右衛門做了個約定。」

「做了個約定？」

「沒錯。據說小右衛門當時曾拜託他，自己若是有個三長兩短，阿銀的事就拜託他了——」

「拜託他什麼？讓阿銀過回正派的日子？」

「別傻了。先生以為一旦涉足這種圈子，有這麼容易脫身麼？」

百介不禁嚇了一跳。

「而且阿銀在這種圈子早已浸淫太久，哪可能過回正派的日子？只是俗話說盜亦有道，小右衛門不過是希望阿又能看好阿銀，千萬別讓她走上不該走的旁門歪道——如此而已罷。」

「可是指不要走上祇右衛門那種旁門歪道？」

「沒錯。」

真是無聊透頂，治平說道。

「先生說這無不無聊？惡黨就是惡黨，壞勾當哪可能有什麼善惡之分？哪還需要講什麼道

註48：乞胸為在民家門前或寺內、廣場等地藉表演乞討的雜耍藝人；座頭則是以說唱、按摩為業的盲人。

理？」

噢，百介漫不經心地回了一聲。

治平的恩人，同時也曾為其岳父的老賊野鐵砲島藏，就是深信這無聊的道理，並堅持將之貫徹到底。盜亦有道——他為了堅守這個在世間根本行不通的信念，甚至讓治平失去了妻女。因此——

治平毒辣的語調中究竟隱藏著什麼樣的真意，百介多少猜得到。

「哎，算了。後來在七年前，小右衛門便從江戶消失了。這下阿又這傢伙不得不信守當年向他所做的承諾。」

還真是講義氣呀——治平說道。

接著再度在自己的茶碗裡倒了點酒。

「哎，還真是的。說起這些不堪回首的往事，就連自己都感到不舒服。我看先生哪——」

就別再深究這件事了——治平以眼神如此示意道。

「如此說來，又市先生他……」

便前去勸諫阿銀了罷。而事隔十年，阿銀看到了宿仇祇右衛門的獄門首級，也確定了他的再次復生。

還要再活過來一次麼——

原來是這麼一回事。

「阿銀小姐她……」

決意再報這個仇——

此時傳來喀的一聲。

好大的老鼠呀，治平嘀咕道。

接著又機敏地望向百介。

我說先生呀——治平低聲向他說道：

「祇右衛門這傢伙，像先生這種正派人是看不見的。」

「看不見？」

從明處是看不出他是個什麼樣的人物的，記得又市也曾這麼說過。

「絕對看不見。正因為看不見，想必先生反而會更想追查。但這件事也是查不得的。總之，這件事萬萬碰不得。」

先生可知道——治平語帶威嚇地說：

「世上真有些事，是萬萬碰不得的。」

「萬萬碰不得——？」

「對。不能看、不能聽、不能查。先生，有些事只要一碰上，保證會惹禍上身。」

治平轉眼望向壁櫥，繼續說道：

「所以，先生呀。」

「怎、怎麼了？」

「總之，這件事就別再插手了，就連咱們這種人都碰不得。不論有什麼理由、有多少情仇，這種事就是千萬不可貿然出手。咱們可是一群無惡不做的惡棍，但這種霉頭就是碰觸不得。即使是阿銀——這十年來，活得想必是倍感煎熬，如今又何須——」

治平定睛凝視著茶碗。

「如今……」

何須再戀棧這段陳年積怨呀，治平說道。

「這道理阿銀理應懂得。不過，有時候只怕有個萬一。」

想必是如此罷。阿銀特地前去看了祇右衛門的首級，而且還清清楚楚地表示自己……和他有舊仇——

不戀棧是不可能的罷，百介說道。

「的確是不可能呀，如此深仇大恨哪可能忘得了？但又能拿他如何？」

「能拿他如何——」

但難道就該就此放下？百介問道。

是該放下呀，治平回答。

「先生可要弄清楚，咱們可不是什麼義賊，也不是衙門捕快，不過是幾個窩囊的無宿人，哪需要管他什麼大義名分、國法王法的。毫無賺頭的事萬萬不該碰，招惹上祇右衛門這種妖怪，到頭來只會傷了自己。」

「不過，依治平先生這麼說，難道阿銀的仇就不該報麼？」

若是如此哪有天理？怎能服氣？

「難道她就該繼續這麼忍氣吞聲下去？」

「除了忍氣吞聲下去，還能怎麼辦？」

治平瞪著百介說道：

「先生呀。咱們這等人落魄至此，沒一個有任何值得驕傲的往事。不管是阿又那傢伙還是我自己，個個的人生都是既齷齪又灰暗。過去的一切即使想忘記，也總是揮之不去。不過，阿銀可就不同了。」

「哪裡不同——？」

「阿銀這姑娘，至少有那麼一丁點兒正常的回憶。因此，對這種舊恨才會如此執著。」

「想必是如此，因此——」

「正是如此。」

治平有氣無力地回答。

「先生，通常理應如此。人本應避免為這種無謂的執著所苦惱，不論是怨恨還是悲傷，都是能忘掉最好。」

「這的確有道理。那麼……」

「不過，我也認為這種執著尚存，代表一個人還有人性。」

「執著——代表人性？」

「是呀，這股執著或許讓阿銀幹起壞事時感到有點礙手礙腳。不過也正因為如此，要是連這點執著都沒了，她那碩果僅存的人性可就要被連根拔除了。」

治平低下頭繼續說道：

「這麼一來，我看她這潑婦可就要落得和咱們同樣境地了。」

治平如此做結。

百介不禁開始猶豫了起來。

「不過，因此要她繼續忍下去，這道理還是說不通罷。即使是個無宿人還是什麼的，這種有仇就該報的執著——還是理所當然才是。」

「或許是如此。」

「那麼……」

「不過，對方可是祇右衛門哪，這種仇想報也是無從。想想罷。先生自己不也說過，這傢伙可是怎麼殺都殺不死的？」

「這——」

殺也殺不死的執著，狐者異。

——因此又市才要……

百介看了看懷中的符咒。

——給自己這張符。

【伍】

北町同心中的小角色——田所真兵衛，在造訪百介後的第三日，將不死之身的妖怪稻荷坂祇右衛門第四度繩之以法。

乃一場迅速完成的搜捕行動。

百介交給他的陀羅尼咒可說是立了大功。

離開治平的長屋後，百介經過一番沉思，最後還是念在與田所的約定，直接趕往八丁堀的同心組官舍。百介曾與田所相約，若順利找到了這名御行，必將向其討來驅魔符咒，以助田所一臂之力。

雖然沒找著又市，符咒可是拿到了。

不過，雖已取得符咒，這下百介卻躊躇了起來。

讓他猶豫的是，治平似乎不贊成捉拿祇右衛門。

而且，這反對也不無道理。但經過一番苦思，百介還是認為放任他繼續為非作歹至為不妥，而且……

又市似乎也如此認為——百介心想。

委託治平轉交符咒時，又市雖曾告訴過他這張符該如何使用，卻沒提及是要「用在誰身上」。當然，這張符是能讓祇右衛門無法復生的咒文，但這御行僅告訴治平——這張符是用來驅除狐者異這種妖怪的。若將真相告訴不僅質疑人能死而復生，對整個行動的態度也十分消極的治平，這張符十之八九恐怕到不了百介手中——百介敏感地猜到了這小股潛如此張羅的用意。

他很快找到了田所的官舍。

田所一見到他，便歡天喜地招呼他進門。

就百介所看到的，他的日子過得頗為拮据。別說是官舍大小，就連屋內陳設都不比治平的長屋好到哪裡去。更教百介驚訝的，是田所依然單身。如此年紀依舊孑然一身，想必讓他飽受世間揶揄，但他的生活狀況還真是如此，家中就連一個幫忙打雜的小廝或僕人也沒有。

難怪他的扮相會如此邋遢。

百介將陀羅尼咒交給了田所，並清楚交代了治平所轉述的使用方法。

雖是半信半疑，田所還是一臉嚴肅的認真聽百介說完，並誠懇地向他致謝。

根據田所所言，奉行所內對這回的與力遭擄事件，大概有以下幾種反應。

第一種是——此事乃某人乘傳言甚囂塵上之際，假祇右衛門之名的惡作劇。雖然乍聽之下頗有道理，但仔細想想其實並無可能。田所認為若純屬惡作劇，何必幹到擄走與力的地步？百介對此看法頗表贊同。

第二種是——許多人認為這起與力失蹤與祇右衛門的文書聲明本無關連，不過是某人在得知與力失蹤後，刻意致文騷擾，企圖阻撓官府查辦。不過，田所認為依照「曾出現大群下賤人等」的證言判斷，實在教人難以相信兩件事毫無關連。這判斷不無道理，畢竟除了彈左衛門或非人頭之外，有能力發起此種行動者，也只剩下祇右衛門了。

其餘者則是——

完全採信這荒誕的傳聞，嚇得不敢採取任何行動，教田所看了甚感憂心。取締擾亂天下、藐視王法的不法之徒，理應為所有同心、乃至奉行所之職責所在。即使對手是個不死之身的妖怪，

也應在所不辭才是，這生得一張長臉的窮困同心語氣激動地如此表示。

這話說得一點兒也沒錯。

總而言之，姑且不論妖孽復生的傳言是否值得採信，整個奉行所內似乎沒有任何人認為十五年前、十年前兩起事件，以及上個月的獄門、乃至這回的事件彼此有任何關連，著實教田所感嘆不已。

也不曾有任何人試圖比對幾份調書上驚人的雷同點，寧願將這些悉數當成巧合或是辦案上的失誤。

不論怎麼解釋，這些雷同點怎麼可能毫無關係——？

田所怒吼道。

總之，祇右衛門是個罪不可赦的惡徒這點，是萬萬錯不了的，這個同心口沫橫飛地主張道。

這句話——一點兒也沒錯。

聽說過阿銀的遭遇後，百介對此更加深信不疑。

若沒碰上祇右衛門——

阿銀的境遇或許不至於如此悲慘罷。不，不只是阿銀。據說曾遭祇右衛門荼毒者多如天上繁星，這些犧牲者全都和阿銀一樣，為了區區一個祇右衛門斷送了自己的人生——

光是想到這點，就不禁教人悲從中來。

在下將把真相公諸於世，田所保證道。

即使在奉行所內備受孤立，就連一名小廝都不願相助，有了這張護符便有如百人加持了。即

使得隻身行動也絕不氣餒，絕對要將奸賊祇右衛門緝捕到案，利用這次機會將他斬草除根——這北町的小角色發出如此豪語。

他這決心教百介深受感動，臨別前還囑咐他千萬要小心。

世上真有些事，是萬萬碰不得的——

一聽到祇右衛門是個不可招惹的妖怪，這同心無畏地笑了。

若他只是個普通的盜賊就不用說了，但倘若真是個妖怪，在下就用這張符來降魔除妖——田所真兵衛向百介保證道。

不過……

果不其然——事後百介聽聞，奉行所內果真沒一個人願意聽田所解釋。

據說田所真兵衛對賄賂深惡痛絕，平日過於盡忠職守而無暇兼職，唯一的嗜好就是下下圍棋，完全是個頑固至極的老古板。既不靠賄賂斂財，也不靠兼職賺取外快，風骨理應值得獎勵，但凡事畢竟有個分寸，田所的問題就出在其作為已是過而不當，因此不僅飽受同儕數落排擠，甚至還落到討不到老婆、雇不起小廝的地步——

總之，據說他為人就是這副德行。

奉行所中似乎也沒任何人願意同田所共事。解決極度慘烈的糾紛時，雖身為奉行所的捕快，大家也難免選擇收受賄賂了事。有時靠這種檯面下的手段，反而能把事辦得更順利。而倘若碰上田所這種凡事都選擇正面突破，毫不懂得事前疏通的傢伙，許多事可就沒那麼好辦了。

不過——

收下百介送來的符咒兩天後的黃昏時分，他接獲了一通密告。
報信者是個江湖女藝人。
據說密告的內容如下。
祇右衛門藏身於根津的六道稻荷堂中——
接回首級後有一個月無法自由行動——
代表祇右衛門目前頗為孱弱——
因此僅能靜坐一處發號施令——
當然，身旁無人隨侍——
要下手就得趁現在——
就得趁現在。
但把這密告當真的，僅有田所一人。
修鞋匠與江湖藝人，乃非人在城鎮內賴以餬口的行業。
代表密告者乃這類身分的下賤人等。
這種人沒挑上彈左衛門役所或非人頭，反而特地找上町奉行所，看來絕非空穴來風——田所如此主張。
而且既然連場所都交代得如此清楚，想必絕非毫無憑據。要嘛就是實情，要嘛就是個陷阱。
無視此種情報，絕對是脫離常軌。即使這是個陷阱——
也非去一趟不可。

只是，其他人對此都極為冷淡。

這也難怪。畢竟此密告的內容，乃是以祇右衛門身首接合，再度復生為前提。要奉行所相信這情報，不就等同於相信祇右衛門能死而復生？

這可不成。

子不語怪力亂神乃執法者應有的立場，不宜胡亂隨傳聞起舞。若熱熱鬧鬧出巡，卻落得空手而歸，恐有辱及官府聲譽之虞。而倘若此情報是個陷阱，萬一有個什麼閃失，豈不教奉行所威嚴盡失？

只是，再怎麼可疑的情報，也不應等閒視之。

不論傳言中的復生是虛是實，這自稱祇右衛門者基於某種理由——或許是生了病還是受了傷，因此只能窩身一處無法動彈。再者，也無法斷言此人與擄走與力一事不無關連。倘若真是如此，這絕對是個千載難逢的大好機會。

此乃田所付諸行動的大義名分。

官府對此密告當然不能完全無視，但要大張旗鼓進行搜捕，似乎又頗勉為其難。

田所表示由於無人願意與其共事，因此也無人制止。不過官府似乎也判斷，此事僅需交給自願前去的傻子處理便可。畢竟付諸行動乃基於田所個人的判斷，官府僅須佯裝勉強答應，如此一來縱使撲了個空，也可推稱一切純屬田所個人之責任，若真是個陷阱，中計的也僅有田所一人，折損這麼一名小角色，對奉行所而言可說是無關痛癢。

總而言之。

田所帶著兩名小廝及一名百姓從僕，火速趕往根津。

一行人抵達稻荷堂時已是黃昏時分。只見平素理應無人的稻荷堂內燈火通明，而且——堂內還有人影晃動。

田所悄悄逼近，透過格子窗窺探屋內情況。

當時對方好像正在打坐，整個人動也不動——田所事後回想道。他當時似乎認為情況怎麼看都不尋常。

確認此人毫無動靜後，田所便決定逕行闖入。他吩咐兩名小廝隨侍左右，從僕則負責拉開拉門。之所以無法自己拉開，是由於田所他右手拿著蘸滿糨糊的陀羅尼咒之故。

萬一……

此人並非祇右衛門——僅朝其額頭貼符而非揮刀斬殺，至少還有轉圜餘地。

萬一……

祇右衛門並非妖魔，符咒法力對其無效——只要把符貼上，接下來也就好收拾了。由於視線遭符咒遮蔽，對方若試圖抵抗也是無從。屆時僅需從兩側以棍棒制服，若抵抗過於激烈亦可將其斬殺。

又萬一……

祇右衛門果真是個不死之身的妖怪——

田所相信若是如此，符咒將能奏效。雖然對坊間的流言蜚語半信半疑，但他對百介所言可是深信不疑。

從僕緩緩將指頭身向拉門。

田所亮出了符咒。

「祇右衛門，束手就擒罷——」

一行人隨著這嘶啞的吼聲一擁而上。

門應聲被拉開，田所真兵衛便迅速亮出符咒進入堂內。

裡頭的男人似乎慌了陣腳，但依舊是動也不動。不過田所表示與其說是不動，看來倒像是動彈不得。

將符咒朝他額頭上貼的瞬間。

男人嗚嗚地發出一陣呻吟。

即使如此——他也沒試圖掙扎逃命，甚至連站都沒站起來，只是渾身不住痙攣。

果真是個妖孽——

田所如此告訴百介。

否則哪可能被緊貼上一張符咒，整個人就動彈不得？田所以繩子將其就地捆綁，帶回了番所**（註49）**。

當然——符咒一直都沒拿下。

據說這男人一路上不僅毫無抵抗，就連吭也沒吭一聲，只有渾身微微痙攣。雖然臉孔遭符咒遮擋，但髮型、身形及身高均與一個月前遭獄門之刑的祇右衛門幾乎相同。只是——

這回他的頸子上纏了一塊布。

取下這塊布，便看到頸子上有圈紅色傷痕。小廝們見狀，個個嚇得渾身打顫。錯不了，這一定是活了過來的祇右衛門沒錯——這下大家紛紛如此相信。番所內一片騷然，後來許多同心都從奉行所趕了過來。

每個人都是驚慌失措，唯有田所依然保持沉著。

接著由吟味方展開了審問，但這男人問什麼都不回答，最後大家只得將他剝個精光。

目的是確認此人「身上是否也有那無可抹滅的特徵」。

此特徵是——一個腦袋上頂著一具骷髏的狐狸刺青。

不僅圖紋罕見，而且這刺青並非刺在背上，而是刺在肚子上。

果然有這麼個刺青。

這麼一來，奉行所內隨即改變了原先的見解。

這原為北町頭號小角色的同心，轉瞬間成了勇猛果敢的大捕快。

官府也立刻動員大批捕快與從僕，在根津一帶展開詳細搜索。不過即使搜得鉅細靡遺，到頭來還是沒找著笹森欣藏。不過倒是發現笹森的所有物品——印籠（註50）、十手、羽織袴等——悉數被埋藏在男人遭田所逮捕的六道稻荷堂後方的竹林中。

這件事讓整個江戶為之騷然。

註49：原本意指江戶時代類似今日派出所之機構，江戶南北兩町奉行所與大坂奉行所亦簡稱番所。

註50：江戶時代武士掛在腰際的橢圓形小藥盒。

遭獄門之刑亦能死而復生之妖怪祇右衛門四度伏法，大膽拘捕妖孽之頭號捕快——同心田所真兵衛英勇立功——瓦版（註51）上也如此渲染道。

這下奉行所也騎虎難下了。

接下來，官府便聽從田所的指示，將稻荷坂祇右衛門的首級連同符咒一併斬下，並就地將其焚毀。

【陸】

百介忙了好一陣子。

由於奉行所表明立場上無法肯定怪力亂神，因此在記錄上，受刑者只是個身分不明的男子，罪狀為挾持、殺害與力。另一方面，官府雖然無法大肆表揚田所和百介的功勳，但仍在私底下犒賞了兩人，百介也因此獲得了微薄的報酬。或許頒發這筆獎金的用意，是拐個彎要求他別四處妖言惑眾。

這下原本對撰寫考物的作家頗為冷淡的出版者，也紛紛上門要求百介為文敘述逮捕祇右衛門的經緯。不過礙於奉行所的警告，百介只得悉數回絕，僅在自己的記事簿上記錄下這樁妖怪狐者異的奇聞。

雖然田所真兵衛因本案成了坊間的大英雄，但生活並未就此改善，也依然討不到老婆，在奉行所內的立場似乎也未見好轉。

畢竟他這種個性，原本就沒什麼指望。
反正田所對現況似乎也沒有任何不滿。
這小角色同心告訴百介，自己的唯一遺憾就是沒能把與力安然救回來。
大哥軍八郎為百介助盟友田所立下大功歡喜不已，為此舉辦了一場酒宴慶祝。
不過對實情略知一二的軍八郎表示，希望也能邀請御行又市到場。軍八郎在今夏那樁案子與又市結緣，不難想像本案極可能也和這個御行法師有關。
只是，到處都找不著又市的蹤跡。
山岡百介就在這陣不亞於其他人的忙碌中，度過了今年的歲暮。
只是……
在一片喧譁聲中，百介心中也並非毫無疑點。有個人總教他無法忘懷。
就是阿銀。
自從在仕置場一別，百介至今都沒見著阿銀。
不知真正報了仇以後，這山貓迴如今是何等心境？百介迫不及待地想知道。
是為報仇血恨感到暢快？
或是她心中的悲傷終究無法抹滅？
還是正如事觸治平所擔心的——？

註51：江戶時代於街頭兜售的快報，由於最早多以黏土刻字燒成瓦狀製版，故得其名。後來多以木板為之。

接著，舊的一年走了。

隨之而來的是熱熱鬧鬧的新年。

平日滴酒不沾的百介，也醉醺醺地享受了一陣暢飲屠蘇酒的年節氣氛。他參拜產土神，走訪各處拜年，觀賞獅子舞（註52）、七福神舞、礲子（註53）、或掌櫃夫婦的獨生女彈琴奏樂，迷迷糊糊地過了這個年。

到了大年初七那天。

百介又躲回久違了的小屋。

他實在太想念那些書卷了。

當他在書桌上坐定，嗅起一絲帶塵埃味的書香時。

傳來一聲鈴響。

鈴。

「御行——奉為。」

「是又市先生——」

百介慌忙站起身子，先是躊躇了半晌，接著才打開面向屋後的窗戶。又市是不可能打前頭進來的。

果不其然——他看到了一身白色裝束的御行又市。

身旁站著一身鮮豔打扮的山貓迴阿銀。

「阿銀小姐也來了？」

只見阿銀低頭鞠了個躬。

「在此向先生拜個晚年。其實，小的和阿銀本日造訪，乃是特地前來向先生致歉的——」

可否耽誤先生片刻——這御行問道。

「快別如此見外，小弟打從歲暮便一直在找先生呢！」

「噢。」

又市單膝隻手跪地，頭也沒抬地回答：

「一如先生所見，小的一身打扮如此陰陽怪氣，實為不潔之下賤人等——因此無顏於年節期間前來叨擾。」

「快別這麼說。」

此乃實情是也——又市抬起頭來說道。

這反應著實教百介嚇了一跳。

他想起了治平說過的一番話。

說來也沒錯，百介和眼前的兩人之間，的確有著一道清晰可見的鴻溝。這並非身分或階層的

註52：日式舞獅。

註53：日本傳統表演中為烘托氣氛，以笛、敲擊樂器和人聲所演奏的音樂。

差異，而該說是覺悟上，也就是處世態度的不同。此等覺悟，是百介這種人極度匱乏的。

「本回的案子承蒙先生大力相助。」

說完，又市再度低下了頭。

「請、請別這麼說，快把頭抬起來罷。先生何須向小弟道謝？一切都是又市先生的功勞，小弟什麼忙都——」

這下百介看向阿銀。

細長的臉蛋、櫻桃般的小嘴、以及一對眼角鮮紅的大眼睛。

這位長相標緻的女傀儡師，只是彬彬有禮地向他鞠了個躬。

沒這回事——直到聽到又市的嗓音，百介才得以回過神來。

「本回所設的局，少了先生絕對無法成事。」

「設、設局？」

「是的。北町的田所大爺是個恰當的人材，加上和先生的大哥軍八郎大爺又同門之出，實為一大幸事。托先生的福，本回方有幸請到田所大爺出馬。」

「請、請田所大爺出馬——又市先生！這……」

怎麼可能？

正是如此——又市回答道。

「本案中之一切，不過是小的這小股潛所設的局、演的戲。」

「什、什麼？這怎麼可能？難道……」

「稻荷坂祇右衛門，早在十五年前便已亡故。」

「十五年前？」

——這怎麼可能？那麼……

「請問實、實情是怎麼一回事？有多少是先生所設的局——該不會全都是假的罷？」

「上回也曾告訴過先生，小的膽敢保證絕不輕易撒謊。」

「但是，又市先生……」

「未向先生全盤托出，的確是事實。不過小的並無絲毫算計先生的意思。為證明自己絕無此意，今日兩人才一同前來向先生拜年。」

「可否請先生解釋清楚？」

又市點了個頭。

「一如官府調書所述，稻荷坂祇右衛門本為長吏頭淺草彈左衛門大爺旗下之公事宿幹事，不過為人與傳言截然不同，平日重義氣、講人情，追隨者、仰慕者可謂絡繹不絕，吸引眾多無宿者與無業民眾聚於其門之前，乃一德高望重之善人是也。」

「這——」

「不過……」

又市繼續說道：

「有個不法之徒打算利用他的聲望幹盡惡事。因職務之便，祇右衛門知悉許多公家內情，加上廣為人所仰慕，不少人也樂於向他吐露心事。尤其是聚集在他身旁的多為見不得天日之賤民，吐露的也多屬不可告人之事。不知不覺間，祇右衛門就掌握了不少祕事。」

「這不法之徒——就打算利用這些為惡？」

「正是如此。」

「若為武士、商人或百姓，尚可恐嚇取財。但若為下等賤民，可就沒錢可討。因此只能利用他們為惡。」

「不過，事情可有這麼容易？」

「那傢伙手中握有人質。若乖乖聽話就回以優遇，一切罪過均不予追究。但若膽敢抵抗，不僅得受嚴厲懲罰，父母子女還可能因此喪命——」

「這麼做未免太過火了罷——即使握有他人再多把柄，那傢伙本身不也是個無宿人？」

並非如此——又市說道。

「想出這點子的是個武士，這傢伙完全不把這些人當人看。」

「武、武士？」

原來敵方——是個武士？

「是個常出入公事宿的町方役人（註54）。」

「噢——」

畢竟町奉行所與彈左衛門的關係十分密切。

彈左衛門乃關八州長吏之首——為非人、乞胸、猿飼（註55）等賤民之管理者。官位雖低但影響力甚鉅，還能向奉行使眼色。

百介認為這等人雖說是賤民，但終究還是人，不過是不完全符合農工商的定義罷了，說明白點不過是職業不同，沒有任何理由遭受如此藐視。不過，這些人隸屬於不同於一般百姓的支配體系，倒是個不爭的事實。這好比國中另有一國的情況，幕府其實也很清楚。雖然表面上對其十分藐視，但看在彈左衛門年年的豐厚進貢，幕府有些差事也得由這些人分擔。少了他們，江戶的行政就無法成立。

理所當然的，奉行所也常為了交換情報，而與彈左衛門互通聲息。

不過——

「幕後黑手——竟然是個町方役人？」

正是有如此惡毒之人，又市回答。

「有求於祇右衛門者，多半為連彈左衛門都不屑接納、在世上毫無依靠的落魄人等。這傢伙利用這些人逞一己之欲，利用完便棄之於不顧。」

「不過，真正的祇右衛門是個德高望重之士，豈可能任由此等惡棍利用自己名義為惡？有此人德修養，理應不可能縱容此種不義之事發生。別說是拒絕，甚至應該主動告發才是呀！」

「這可辦不到。」

「為何？」

註54：江戶時代管理百姓民事之行政官員。

註55：以訓練猿猴，並攜其赴各地巡迴表演以為餬口之街頭藝人。

「因為——他也有人質在對方手中。」

「人質？」

「就是他的妻小——而且還是不合法的妻子。」

「不合法？」

「祇右衛門不顧身分有別，與一普通百姓的姑娘往來，還生下了孩子。那町方役人便以此為把柄，脅迫祇右衛門就範。」

「噢？」

「若風聲走漏——不僅是其妻小，就連親族都得受牽累。祇右衛門打從心底喜歡這名姑娘，對孩子亦是十分疼愛。因此，只得任由那傢伙擺佈。」

「且、且慢，難道……」

「我就是稻荷坂祇右衛門之女。」

——阿銀如此說道。

「姑且不論人德、頭銜，祇右衛門終究隸屬彈左衛門旗下，礙於身分，萬萬不可與平民百姓有如此往來，因此為維繫這不合法的家庭，僅能每月暗中團聚一次。即使如此——」

話及至此，阿銀停頓了半晌。

「——他還是個盡責的慈父。」

「先生，即使情況如此，祇右衛門大爺——也就是阿銀的爹，終究還是看不慣那惡棍欺凌弱者的所作所為。因此，最後決心向彈左衛門大爺告發此町方役人的惡劣行徑。」

只可惜，這下又市突然改變了語調。

「對方早一步察覺祇右衛門意圖謀反，因此搶先一步來個惡人先告狀。不僅向彈左衛門告發擾亂社稷之惡事均為其親信稻荷坂祇右衛門所為，這傢伙還採取了更為毒辣的手段。」

「毒辣——難道就是阿銀的……」

又市默默點了個頭。

「請問這可是對祇右衛門大爺背叛行徑的報復？」

「並不是，這也是個設計周密的計謀。雖被套上莫須有之罪名，祇右衛門大爺並不是個會因此隱蔽逃遁之人，而是認為應堂堂正正接受裁決，以一雪一身冤屈。只是這回碰到的對手實在過於惡毒。由於擔心己身將遭不測，再加上至少一時行動將不自由，因此他——」

「他就去和她們會面？」

和妻子、女兒——也就是阿銀會面。

又市點了點頭。

「畢竟可能將是生離死別，因此他一路躲避追兵前去會面。只是，他的計畫還是讓對手知道了，而這傢伙最厲害的，就是深諳如何利用他人弱點。因此——」

「因此——阿銀小姐的母親就……？」

在阿銀眼前……

慘遭殺害，又市說道。

「那傢伙還意圖將這道罪名套在祇右衛門身上，而且要求無論如何都要將其交付町內官方審判，避免由彈左衛門進行裁量。那傢伙認為祇右衛門深受彈左衛門信賴，若教他托出真相，彈左衛門想必會採信，如此一來，自己可就危險了。不過，只要將祇右衛生冠上殺害百姓的罪名——便可即刻將其送交町奉行所。如此一來，他的生死可就操在那傢伙手上了。」

「就為了這種理由——？」

「就為了這種理由，我娘被他割斷了喉嚨。」

阿銀說完，又悄悄低下了頭。

「而我爹，也就是真正的祇右衛門，也慘遭獄門之刑，就連店家也被迫轉手。從此我就——」

接下來的情況治平已經交代過了。百介心頭湧起一股難以承受的哀傷。

又市朝阿銀看了一眼，接著又轉過頭來，正眼凝視著百介說道：

「不過，此事並未就此結束。過沒多久，祇右衛門就——活過來了。」

「這就是小弟想知道的。」

這下，原本的哀傷全被百介給拋到了腦後。

「請問這是怎麼一回事？他是真的活過來了麼？又市先生堅稱自己絕不撒謊——但又說過祇右衛門不是個人，而是個殺不死的妖怪。難道這種怪事真的發生過——？」

真的發生過。

那可真是個妖孽——

但身首結合後復生的祇右衛門，不是已經讓田所真兵衛給捉拿到案，還給殺了？

「那麼——不。」

不可能有這種事。第一，祇右衛門——也就是阿銀的生父，並不是個能違背自然法則死而復生的奸險無賴。難道是含冤而死的傷悲化為強烈怨念，讓他得以繼續留在人世間？

「可是基於——怨念？」

「並不是，祇右衛門絕非含恨而死的亡魂之流。」

想必也是如此。世上是否真有亡魂？百介也難以判斷，但即使真的存在，理應也不至於成為這種破天荒的妖怪才是。大體上亡魂應無肉體，而現身乃是為了一報宿怨，哪可能為了利用他人為惡而重返人世？

「不過，小弟還是想不透。倘若他既非人、又非亡魂，那麼究竟是什麼？通常人若遭斬首，絕對是必死無疑，理應是毫無可能復生的。」

「是的，因此阿銀的爹，也就是公事宿總管的祇右衛門，早已死於獄門。」

「那為何還……？」

「於其歿後再度現身的祇右衛門——也就是稻荷坂祇右衛門，可就不是人了。」

而是個「計謀」，又市說道。

「計謀——？」

「是的，不過是個計謀。此一利用落魄弱者的把柄，隨心所欲地操控其為惡的『計謀』——就叫做稻荷坂祇右衛門。在背後玩弄此一計謀的，是個如假包換的大惡棍。」

「可就是那個町方役人？」

又市深深點了個頭，接著便閉上了雙眼，低聲補上一句：

而且，還是個聰明絕頂的惡棍。

「不、不過，又市先生。祇右衛門死於獄門後，這計謀理應無法繼續施展才是。但是為何還能——？」

「按常理本應就此結束才是。不過這傢伙實非常人，而是個極度執著於為惡的無賴。一旦嚐過甜頭，這終生難忘的滋味，教他不願就此收起為惡的執著。」

不願就此收起為惡的執著——這豈不真成了狐者異？

又市睜開雙眼，抬起頭來說道：

「當時——也就是祇右衛門死於極刑時，其名在騙徒、江湖郎中等只能潛伏於陰暗角落的惡棍之間，可說是無人不知。這傢伙——也就是那町方役人，便巧妙地利用了此種心理。」

「利用——請問還能如何利用？祇右衛門大爺都已不在人世了。」

「當然有法子。譬如，這類人等哪天突然收到署名祇右衛門者寄來的書信。收到一個早已死於獄門者寄來的信，已經夠教人驚訝，但信裡還這麼寫著：老子對你的祕密知之甚詳，倘若不乖乖聽老子的話，會發生些什麼事，想必你自個兒心裡有數。」

「這——豈不是和他原本耍的伎倆完全雷同？」

「是的，完全雷同。這傢伙雖無法再『冒充生前的祇右衛門』，但還是繼續利用其名義，設下如此巧妙的局。」

設局——

「先生言下之意，是如今『根本沒有』祇右衛門這個人——？」

「是的。世上哪可能有此等妖怪？先生，這不過是個巧妙利用奇聞傳說，設得細膩至極的局。」

「這、這種計謀豈有可能得逞？」

「當然有可能。曾遭脅迫者一旦收到此種恐嚇，個個都是戰慄不已。不論恐嚇者為何許人，甚至根本只是個冒名的幌子，對自己的威脅迫害依然不減。傳聞便如此愈滾愈大，祇右衛門也在傳聞中活了過來。先生應該也知道，人是殺得死，但『計謀可是殺不死』的——」

「噢。」

祇右衛門不是個人，要殺也無從——原來是這個意思。

「即使如此，十年前小的曾受人之託與某人聯手，密謀搗毀此一惡毒計謀。遺憾的是此事難成，原因是——連對方的長相都無從知悉。」

「長相——？」

「設下祇右衛門這個局的傢伙，也就是手刃阿銀生母、將祇右衛門送上獄門的傢伙究竟是何許人，生得什麼模樣完全無從查起。」

「不就是個常出入公事宿的町方役人？」

「符合此一條件者就有好幾個。」

「就連又市先生也無法過濾出這號人物？」

是的，又市回答道：

「因此，到頭來仍是以失敗告終。」

「以失敗告終？」

「對手是個擅長操弄傳聞的傢伙，打聽消息的管道自然是龐大靈通，坊間各類傳聞，很快就會為其所知悉，因此這行動根本是敵暗我明。對手一發現咱們並非省油的燈，旋即祭出一個『活生生的祇右衛門』，並安排奉行所捕而誅之。如此一來，咱們也就無計可施。」

「不過，被捕的不過是個冒牌貨不是？」

「這就是癥結所在。先生，被捕的並不是冒牌貨。稍早也曾提及，祇右衛門這號人物根本不存在，因此也無任何真假可言。被捕的不過是個在祇右衛門這個計謀中，扮演祇右衛門本人的小角色，真實身分根本無人知曉，但對大家而言——他就是如假包換的祇右衛門。」

即使在找來證人求證時，個個都堅稱其乃祇右衛門無誤——田所曾如此說過。

「這可真是個高招。」

「此話怎說？」

「此舉讓許多人相信，稻荷坂祇右衛門果真還活在人世。哪管他是死而復生，還是只是個替死鬼，祇右衛門畢竟是真有其人——這簡直是個高明的宣傳。接下來，被捕的傢伙死於獄門，事後又——」

「一再捲土重來——」

「是的。這情況讓人更感恐懼。以超乎自然常理之事束縛人，要比以暴力束縛人更為有效。因此，祇右衛門就這麼成了一個有手有腳、有名有姓、有來歷出身、還廣具影響力的狠角色，只是並不存在於人世——」

這不就讓他成了個活生生的妖怪？又市說道。
「因此，小的只得從這對付祇右衛門的行動中抽身。畢竟在知道設下這局的幕後黑手長得是什麼模樣前，不管做什麼都只會落入對方的圈套。」
「完全無計可施？」
「法子倒是有一個。」
「請問這法子是——？」
這下，又市看向阿銀。
「噢，原來如此。阿銀小姐她……」
曾「見過」這傢伙的真面目。
「是的。我曾看到過這弒母仇人的長相，而且終生難忘——」
阿銀說完，茫然地眼望前方。
「由於過世的祖父母曾再三告誡，說出來恐怕要丟了性命，因此這丫頭一直守口如瓶。真正的兇手是個當差的，被冠上兇手罪名的非人，實為自己的生父——這種事，即使把嘴割開都說不出口罷？」
想必是如此。
雖然聽來教人神傷，但事情難道無法解決？
不過——難道……
「且慢，如此說來……」

又市面露微笑說道：

「後來——只得放任祇右衛門繼續為惡。在這十年間，這傢伙雖然惡事幹盡，卻始終沒人敢與其對抗。不過，這祇右衛門卻在十年後突如其來地遭到逮捕，情況看來頗為可疑。阿銀認為，或許是這冒用祇右衛門名義設局的傢伙，有了什麼閃失而遭官府繩之以法——」

「因此我曾前往官府指認。不過，長得果然不一樣。那人長相與我爹僅有幾分相似，而和殺了我娘的町方役人長得也不甚相像。」

還要再活過來一次麼——

還要以祇右衛門為犧牲品，好繼續溫存這個局，準備幹第三次惡事麼——原來阿銀那句話是這個意思。

「小的認為——當時或許是這扮演祇右衛門的傢伙突然有了什麼不滿，或者是厭倦了，才遭到這等處置罷。不過這傢伙並不是個冒牌貨，被人當了十年本尊，這下總不能說換就換罷。」

對世間而言，這傢伙就是祇右衛門的本尊。突然換張面孔，豈不是要鬧出問題？

要換張臉，唯一的法子就是把腦袋砍掉——又市說道。

原來如此，只要把人逮來殺掉就成了。接下來僅需再立一個本尊，便能把這局給維持下去。

「因此才——刻意安排此人就逮？」

「是的。正是為了如此才逮了他。」

「噢！」

這下百介終於開始逐步掌握到真相了。

「那、那麼，當時在仕置場內，阿銀小姐她——」

阿銀緩緩點了個頭。

「我的確看到了那傢伙。在仕置場內，我果真看到了那張教我永生難忘的——那可恨仇人的臉孔。」

吟味方筆頭與力笹森新藏——

「是認出了——那顆痣麼？」

是呀——阿銀回答。

「他那張臉我永遠忘不了，他就是當年割斷了我娘咽喉的那個小捕快。」

「但是，一個與力竟然——」

「沒錯——當時他不過是個赦帳方撰要方（註56）的低階同心，後來才成為統帥吟味方的與力。任誰都猜不到惡事就是他幹的。那傢伙將阿銀的爹送上獄門後，用錢買了個正好有職缺的與力頭銜，後來還隨入贅改了姓氏。」

是個深思熟慮的傢伙——又市說道。

「阿銀這丫頭原本打算隻身尋仇。但即使表面上再風光，這傢伙畢竟是隻無惡不作的老狐狸，而且公然與北町的與力大爺作對，絕無可能全身而退，甚至極可能遭對手反噬。因此——」

阿銀將視線往下移。

註56：江戶時代處理罪囚之特赦、大赦等相關事務、調查判例、編纂文書記錄、管理戶口等的與力組織。

又市則抬起頭來仰望百介。

「若是先生當時沒巧遇阿銀，並將此事告知小的，小的絕對會晚了一步。若是讓那傢伙的局搶先一步復活，咱們可又要無計可施了。如此一來，不論採取什麼行動，都只會教對手搶先一步。因此，這回真得感謝先生，讓咱們得以先發制人。」

「那麼——為何事後風聲又會再起？」

「一切風聲都是小的散布的。這下子笹森可發慌了，懷疑有人模仿了他的計謀。在這種對決裡，先亂了陣腳的就是輸家。到頭來那傢伙終於露出了狐狸尾巴，試圖證明自己才是真正的祇右衛門。」

終於讓咱們逐步看到了他的真面目——又市罕見地皺起眉頭說道。

「後來的經過——先生應該也猜得到罷。小的將笹森擄來逼問真偽，而且還請到十年前委託咱們征伐祇右衛門的勢力相助。這下勝負立見分曉，那傢伙馬上被嚇得將一切全盤托出。只是——」

「只、只是什麼？」

「咱們根本沒立場將那個傢伙送上刑場。小的和欲報親仇的阿銀皆為無宿人，無法將此等身分者定罪。唯有官府才有資格大剌剌地砍人腦袋。不過咱們依然認為——若不讓官府的介錯人（註57）將這傢伙斬首，實在是天理難容。因此決定讓他的腦袋和阿銀他爹一樣，被送上同一座獄門台曝曬示眾——」

「那麼，那張符——又是怎麼一回事？」

是為了遮掩笹森的長相？

於背後塗抹糨糊——

朝他的額頭上貼——

待貼滿三日三夜——

再斬其首級——

須將首級連同符咒一併斬下——

並儘速將其焚毀——

原來這步驟並非基於怪力亂神的迷信。但若不這麼做，還真無法消滅這祇右衛門。笹森雖是設下這個局的幕後黑手，但終究非祇右衛門本人。不把他的臉給遮起來，祇右衛門的影子、名號仍要陰魂不散。若是不將笹森連根拔除——這個局還是會繼續作祟。

這聽來簡單，實則無法辦到——

又市曾如此說過。看得果真是如此，百介心想。又市這個局並不是為了斬殺笹森這個惡徒所設，而是個驅除祇右衛門這個局——一個對人世依然抱持滿心眷戀的死人——狐者異的大儀式。

百介茫然地望著這位御行。

「原來打從一開始就……又市先生連這點細節都……」

「應付一個深思熟慮的對手，若不用意周延，註定要淪為輸家。雖然對先生實在有點對不住。」

註57：武士切腹時負責在一旁待機斬首者。

「這、這小弟是不在乎。倒是——治平先生是否也有參與？」

「噢，先生最好別太相信那臭老頭。其實，在先生前去長屋造訪時，那老頭的壁櫥裡——就關著笹森那傢伙。

「此話可當真!?」

又市笑著說道：

「所謂不可抹滅的特徵——肚子上的狐狸刺青，以及頸子上那圈紅色的傷痕，都是那老頭刺上去的。」

「噢——」

原來當時——治平就是在刺這些。

而那狐者異，就讓他給藏在壁櫥裡。

「其實就順序先後來說，笹森先是被餵了那老頭所調的毒。雖然不大清楚裡頭摻了些什麼，但據說是以蛇、河豚、木藥調和而成，會讓人痲痹半個月的劇毒。」

這老頭可真是夠狠哪——又市說道。

「因此，先生——」

「小弟瞭解。」

他當然瞭解。

又市、阿銀，和治平，悉數是另一個世界的人等。咱們的世界和先生所身處的截然不同，因此請別再深究下去——相信又市想說的就是這麼一番話罷。沒在一開始就將一切告知百介，當然也是這群不法之徒基於萬一有個閃失時，不至於拖累百介的考量。反正就算知道他們打的是什麼主意，百介這一介生手也幫不上什麼忙。

因此發現自己遭這群人等利用時雖然驚訝，但也沒任何立場動怒。

這也是沒辦法的事。

不過……

「兩位還是進來坐坐罷？」

百介說道。

「否則——阿銀小姐恐怕要著涼了。」

只見阿銀望向一旁的臉龐，正微微顫抖著。

又市朝她瞄了一眼，接著便說道——那麼，就煩請先生招待咱們倆一杯熱茶罷。

飛緣魔

容貌雖秀麗
實為駭人魔物
逢夜現身吸取男子精血
終將其折磨致死

繪本百物語・桃山人夜話卷第壹／第貳

【壹】

山岡百介前往平八位於神田鍛冶町的書卷出租鋪造訪，是在開始吹起和煦春風的一月中旬。

美其名為鋪子，但其實不過是長屋一角，並沒有什麼門面可言。

書卷出租是個以雙腳四處行商的流動生意，其實根本不需要有個店面。

不過，書卷出租和一般販賣物品的生意又有著那麼點不同。雖然同樣是揹著貨物四處移動，但照顧的大半是熟客。只需將客戶需要的書卷送到每個客人手中，到了月底再回去收款就得了，無須像一般商人般四處遊走、高聲叫賣。書卷並非一次賣斷，而是僅出借三日，不過客人需要任何書，業者都弄得到手。由於為租賃性質，貨品很快就會重回手中。手頭商品並非全數為新書，代表這類鋪子總得面對為數龐大的庫存。

因此，平八房裡總是堆著滿坑滿谷的書。

雖然同樣是堆滿書卷，此處可是比百介的閒居多了幾分色彩。百介的書齋裡盡是所謂記錄性的古文書類，平八則是除了書卷之外，還陳列著錦繪（註1）、枕繪（註2）以及眼鏡盒等物品。

這些東西並不是用來租人的，而是拿來賣的。

註1：彩色的浮世繪。

註2：即春宮畫。

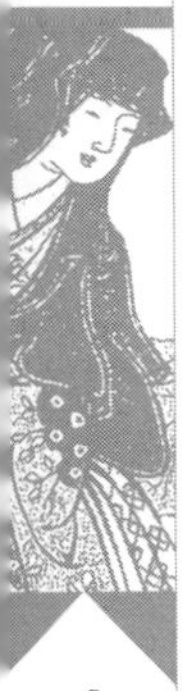

書卷出租鋪裡竟然也賣眼鏡盒，或許讓人覺得有些唐突。但理由似乎是——兩眼昏花難以讀書，還請客倌珍惜眼鏡。不過眼鏡本身價格高昂，加上又非行外人所能批售，因此只得販售保護眼鏡的眼鏡盒。

上個月，百介曾遠行至伊豆。

雖說此行目的不是泡湯，因此得以較早歸返。但返回京橋後卻從家人口中得知，平八曾於數日前登門造訪。納悶不已的百介旋即造訪平八的鋪子，卻又碰上平八出遠門。

平八不僅遊走於江戶府內，就連朱引之外乃至近鄉諸國，均在其活動範圍內。的確，愈是鄉下書卷愈難入手，因此不難理解這些地方為何有人需要新書。不過百介總是納悶，旅行畢竟需要盤纏，花上大筆銀兩跑個大老遠的，哪可能有任何賺頭？或許他幹這行生意純粹是出於興趣罷。

在門外招呼了一聲，隨即有張圓臉從窗口探了出來。這張圓圓的娃娃臉面貌和藹，嘴邊雖帶著幾根沒剃乾淨的鬍渣子，氣質仍是毫不粗俗。

「噢，是百介先生呀——你來得正好。」

平八說道。

「來得正好？我怎麼看不出好在哪裡？既沒看到什麼山珍海味，也不見任何標緻的姑娘呀！」

不是這個意思，只見這租書的一臉和善地笑著回道。

「我碰巧半刻前才回來。」

「噢？」

「而且正準備動身前往京橋找先生呢！咱們差點兒又要錯過了。別看我這副懶模樣——做起

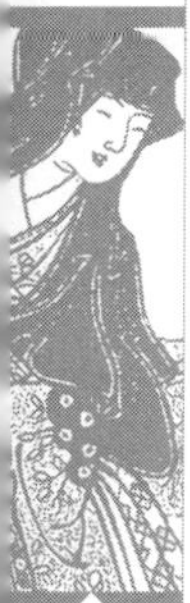

生意來也是挺忙碌的。總之，幸好咱們碰上了。」

原來是對你而言我來得正好呀，百介說道。

「那麼，你這位忙碌的租書人找我有何貴幹？枉費你坐擁這麼家租書鋪，遺憾的是我的書卷也多到足以租人，並無必要向你租用任何東西。」

和這也完全無關——平八回答道。

「我並不是想借給百介先生任何東西。其實呀，百介先生，也沒什麼特別的，不過是聽說了幾樁怪異傳聞，想和先生分享分享罷了。」

「噢？」

對性好蒐集諸國奇聞怪談的百介而言，除了在遊歷各地時四處網羅，聽他人口述此類故事亦是一大樂趣。

書卷出租業者為了行商，常有機會進入大名家中、或吉原等一般百姓無緣出入的場所。不分大名家中女僕還是風塵女子、學者還是藩士，總之任何身分性別的客人他們都得招呼，和地方出身者當然也有所交流，因此常有機會聽到一些珍奇傳聞。

自去年透過有往來的出版者介紹認識了平八後，百介就從他這兒聽到了不少故事。平八不知是對討百介歡喜也產生了興趣，還是天生就愛湊熱鬧，如今甚至不惜遠赴江戶以外的地區蒐集此類傳聞。

「這回是什麼樣的故事？打哪兒聽來的？」

「噢，這說來可就話長了。我這回不是為了做生意，而是上京都遊山玩水了一趟。不過，這

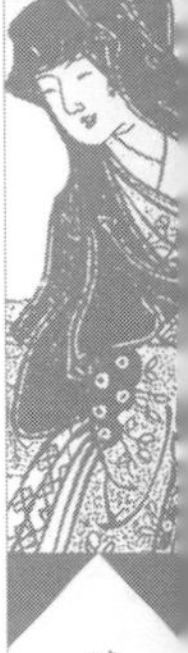

回不只是向先生說個故事，還有件事得和先生商量——」

總之就請先生先進來罷——平八向百介招呼道。

屋內飄散著一股他早已嗅慣了的塵埃味。

平八脫下藏青色棉布的圍裙捲成一團，隨手拋進了書堆裡。百介略顯尷尬地坐了下來，兩眼不由自主地開始在成堆書卷中瞄起了書名。

「不過，雖說是西方的傳聞，聽來多半還是有些似曾相識，或許對百介先生來說稍嫌無趣了些——」

「請別放在心上，若能進一步知悉這類傳聞的分布狀況也不錯。有什麼就儘管告訴我罷。」

百介攤開原本掛在腰際的記事簿，從筆筒中掏出一支毛筆舔了舔筆尖，擺出了一副隨時準備做記錄的架式。先生還真是好事呀，平八驚訝地說道。

「總之，這回的主題——是一件發生在西國某小藩的險惡傳聞。」

「險惡——？」

「的確頗為險惡，已經出好幾條人命了。」

「出人命——？」

百介的表情不由得黯淡了下來。

怪事他雖愛聽，但對殘酷的故事可就毫無興趣了。

有人喪命這種事——總教他感到噁心。而且不久前，百介才在旅途中看過三具死狀淒慘的無頭屍。

這種事他可不想再聽。

而且受害者還個個死狀淒慘，平八說道。若是這種事，就別再說了，百介伸手阻擋道。

「這類砍砍殺殺的事，我可不愛聽。」

「這我也清楚，此類故事亦非我所好。不過先生，時下世風並不平靜，就連江戶這裡——去年還是前年，不也曾接二連三地發生姑娘被擄，並被碎屍萬段的事件？」

是發生過，百介冷冷地回答。

「擄人這種事通常不是為了勒索銀兩，就是為了舊恨宿仇。先生您瞧通俗小說中不都是這麼寫的？不過，如今可就不同了。」

「是呀。」

那去年發生的案子——猶記兇手的犯案意圖仍屬不明。與死者既無任何財物糾紛，也無絲毫新仇舊怨，而且亦不屬於攔路試刀（註3）或無禮斬殺（註4）一類犯行，當時世論均認為兇手純粹為殺人而殺人。在百介的記憶中，類似事件在前年也曾發生過。看來，江戶的確是不平靜。話雖如此，也並不是每日從早到晚都有人喪命，嚴重到這般程度的砍砍殺殺，其實還是頗為罕見。

只是江戶畢竟和鄉間不同，偶爾會夾雜幾樁這類殘酷的案例。由於這類案子極引人注目，便

註3：原文作「試斬り」，為江戶初期武士所犯之罪。意指武士入夜後埋伏於十字路口，遇有路人經過即揮刀斬殺，以驗證新刀是否鋒利。後代引申為攔路殺人的劫匪。

註4：亦為江戶初期武士常犯之罪，意指武士遇上自己看不順眼、或對自己有失禮儀者，有權恣意斬殺。

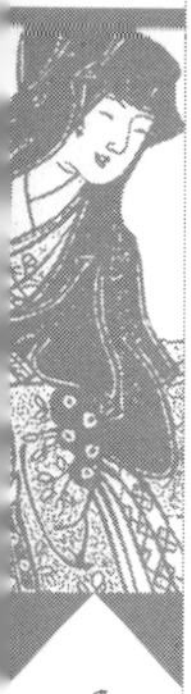

給了大家一種此地一片腥風血雨的印象。再者，這類事件到頭來多半不了了之，因此事後多牽強附會，總顯得尾大不掉。

這事件與前年的同類事件，到頭來都是如此。

「不過這些是特殊個案罷？」

百介說道。應該算特殊罷，平八也回答。

「都是為了找樂子而幹的罷？」

「應該是為了找樂子而幹的罷。」

普通人光是要弄傷人就得猶豫良久，但這些傢伙把人殺了還要千刀萬剮，動機實在教百介難以理解。

「唉，如同平八先生說的，時下世風的確瀰漫著一股暴戾之氣。不過，這種事已非世風日下所能解釋。」

的確非世風日下所能解釋，平八說道。

「想來這應該是人性使然罷。」

「人性——這推論可就耐人尋味了。平八先生可是認為，凡是人都有做出如此暴戾之事的本能？」

不不，只見這生著一張娃娃臉的租書鋪老闆裝糊塗地說道：

「我從小出身貧賤，不像先生般講究品行家教，因此兒時曾玩過不少殘酷的遊戲。」

「殘酷的遊戲？」

「是呀。比方說活剝蛇皮、拔斷蟲足啥的，一些如今想來完全參不透到底有哪裡好玩的遊戲。但那時候玩得可樂了。先生兒時也曾玩過這類遊戲罷？」

「是玩過一些。不過平八先生，孩童本來就是善惡不分的。」

成人也是一樣呀，平八說道。

「俗話說三歲看大，七歲看老，這世上可是什麼樣的傢伙都有。孌童者、好男娼或好男色者，如今已是司空見慣。見紅腰卷（註5）便淫性大發的好色之徒、或不勒女頸便完全不舉的武士等亦如是。」

「沒錯，性癖的確是形形色色。不過此類行為對他人並不構成任何侵犯罷。」

是否構成侵犯，界限十分模糊，平八說道。

「也曾聽聞有些女人行房時必飲男血、抑或看到火災才能起興致什麼的。若是嚴重至此，不侵犯他人已無法滿足一己之性癖。因此，去年那以攔路斬人滿足一己殘酷性癖之流，想必是真的存在。不過此類歪風若蔚為流行——情況可就嚴重了。」

「這種事也會蔚為流行？」

當然會——平八一張圓臉上兩眼圓睜地說道。

「個人認為，此類世風形同流行疾病。不同於往昔，如今流言傳播甚速，雖不知是否有不少人樂於模仿此類犯行，但想必真的會傳染。相信先生只要看看京都一帶如今恐慌到何種程度，就

註5：女性和服之內裙。

不難理解了。」

「京都正流行攔路斬人？」

「沒錯。據與我有交流之京都某書坊所言，光是京都大坂兩地，遇害者便已高達十數人。其中有筆店女兒、麵店老闆、毛線店千金，個個都是額頭被活生生砍成兩半。」

「真是令人作嘔呀——」

百介瞇起雙眼，擺出一副露骨的嫌惡表情。

光是想像，就夠教人毛骨悚然了。

「——平八先生，您要我聽的就是這些？不都說過我不愛聽這種事了麼？」

這位租書鋪老闆露出一個苦笑，以食指搔著臉頰回道：

「噢，並非如此。雖然引起一陣騷動，但兇手完全沒有被繩之以法的跡象，讓我感到情況非同小可，還是自己的性命重要，因此便馬上離開了京都。但在回程還是碰上了。」

「還是碰上了——攔路斬人？」

平八點了個頭。

「所以我說這種事已成了流行嘛。早知如此，就應循東海道直接歸返，但途中卻還繞道他處。」

「上了哪兒？」

「我打堀越峠穿越一條岔路，繞了點兒遠路。」

虧大多數人都窮到一輩子出不了遠門，這傢伙還真會享受呀——腦海裡才這麼一閃，百介馬

上想到自己根本沒立場說人家。至少平八還是靠自個兒賺的錢玩樂，想想自己也沒賺幾個子兒，卻還終日遊手好閒的，豈不是比人家更理虧？

「去了丹後（註6）與若狹（註7）交界處一個叫做北林藩的小藩——」

你是上那兒去了？百介驚訝地問道。這遠路也未免繞得太遠了罷，看來平八可選了一條奇怪的路返回江戶。唉，一切都是為了先生呀，這租書鋪老闆笑著說道。

「為了我？」

「是呀。老實說，我有幸進出北林大爺位於江戶的藩邸（註8），乃是由於曾在那兒的中間部屋（註9）聽過一個古怪的傳言，因此才特地繞了那段路去查證的。」

「噢，不過我可搞不懂這為何是為了我。」

「因為先生應該會喜歡聽這個故事呀！」

「攔路斬人這種事，我哪可能喜歡聽？」

「那傳言並不屬此類。若將之歸類為攔路斬人，可就好比將獅子當成貓，大蛇當成蚯蚓了。」

「有這麼淒慘？」

「死者被開膛剖腹，身首異處，連皮都讓人給剝了。」

註6：日本古國名之一，位於今京都府北部。
註7：日本古國名之一，又名若州，位於今福井縣西部若狹灣沿岸。
註8：藩國所擁有的宅邸。
註9：武家僕役的寮舍。

別再說下去了，真是令人作嘔——百介掩面說道。他打心底討厭這種事。

但這下平八卻把臉湊得更近，雙頰不住痙攣著說道：

「即使那兇手是個妖怪——先生也沒興趣聽？」

「妖怪？」

據說那可是幽魂在作祟呢——平八從懷中掏出一張對折的紙張說道。

「我也學百介先生把整件事的經緯記了下來，否則還真是記不住呢。據說，這些案子乃『七人御前』作祟之結果——」

「七人——御前？」

還真是個教人訝異的名字呀，百介心想。

名字很古怪罷？這租書鋪笑著說道。

「哪可能有七人？」

「但還真是有七人。」

「你可知道什麼是御前？」

「知道。」

巡迴諸國蒐集怪談至今已有五年，百介累積的知識已是相當可觀。

「御前乃土佐一帶對不幸遇上就得死的神之稱呼——算是一種災厄之神罷。相傳橫死者未獲安葬超渡，便可能化為御前。」

「也就是無緣佛（註10）罷。」

「是的。御前就是無法成佛的亡魂之意。有的叫山御前，有的叫川御前，這些可能代表死在山上或河川中的亡靈，有些地方則把祂們當作山神、水神的眷屬或使者，因此單純地將之歸類為惡靈，其實有流於草率之嫌。與御前相關的信仰，其實是頗為複雜深奧的。但總而言之，祂們的確算是會為人帶來橫禍的妖魔。」

「總共有七個？」

「既然叫七人御前，當然就有七個。只要取了一個人的性命，其中便有一個能成佛。但這替死鬼也會化為這群御前之一，因此總數並不會減少。」

果真駭人哪，平八說道。

「不不，也有人認為七人御前的每一個都得找到七個替死鬼，也就是得在自己喪命的地點取七條人命方能成佛——而現在竟然有七個。」

「意思是得死個七七四十九人。」

「而這四十九人每個又得取七條命——」

哇，平八的圓臉不由得扭曲了起來。

「這數字如此愈滾愈大，豈不是註定要呈倍數增長？那兒不過是個小藩，照目前情況看來，不到明年那兒的領民、藩士、甚至藩主豈不都要死光了？」

不過，百介歪著腦袋納悶道：

註10：指葬有無親屬友人憑弔祭拜之死者的墳墓。

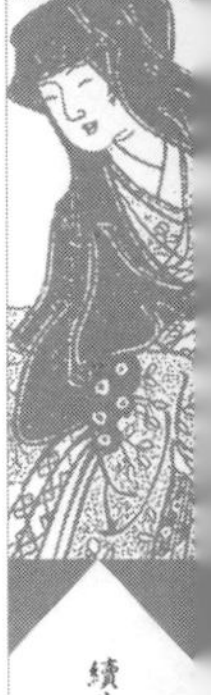

「北林藩不是在若狹的山中？距離土佐未免也太遠了罷？」

「先生的意思是，可能不是同樣的妖怪？」

這——就不知該如何回答了。通常妖怪是不會以這種方式取人性命的。

「怎麼看都不像。平八先生，當地民眾都認為這些慘無人道的案子乃此七人御前所為？」

噢，大家不過是如此懷疑罷了，這租書鋪老闆含糊不清地回答。

「方才也說過，我不過是從當地的武家僕役口中，聽到這個去年歲暮起屢有妖怪作祟的傳言。妖魔作祟殺人這種事原本就駭人聽聞，據說前年就死了七人——因此大家才傳說應是這種名為七人御前的妖怪在作祟。七人御前這名字在江戶頗為陌生，因此勾起了我的好奇心。」

「因此你才特地繞道前去求證？」

這傢伙對旅行還真是熱中。

「那麼——這果真是妖怪作祟？」

平八笑得一邊臉頰不住抽搐著說道：

「方才也說過人都死了。在我抵達的前一天也才剛死一個——不過那兒終究是窮鄉僻壤，住的淨是些和番町所碰到差不多的百姓。別說是荷包，就連口風也守得緊，絕口不與我這個外人攀談，因此到頭來生意也沒做上一樁。」

「就連被譽為馬屁精的平八先生都做不成生意？」

呵呵，平八笑著朝腦門上的月代敲了敲。

「這綽號就甭提啦。總之，唯一可確定的是今年至今已有三人喪命，接下來就毫無動靜，搞得領民個個人心惶惶，開口閉口都是妖魔作祟。」

「妖魔作祟也會鬧出人命麼？」

百介苦笑著說道。在他的認知裡，妖怪其實並不會幹出這種事，即使是憑空杜撰，也不應如此荒唐。

「首先，妖怪是不會剝人皮、或將人開膛剖腹的。」

看來先生並不喜歡這故事呢，平八搔著頸子說道。

「若不是為了討百介先生開心，我才不會專程繞道前往那既無名勝、又無古蹟的地方哪。」

「我想聽的是——更不可思議的故事，並不是光有妖怪就好。諸如此類殘酷的真實傳聞——」

百介指著懸掛鋪內的錦繪說道：

「在坊間已是如此氾濫，如今撰寫此類故事的名人多如過江之鯽，根本輪不到我來寫。」

寫這類的是不少，平八笑著說道：

「而且愛讀這類的看倌也不少，因此我才認為這是個流行。不過這下才知道，百介先生對流行的話題並無興趣。」

這還用得著說？

「至於不可思議的故事——」

平八將兩道眉蹙成了一個「八」字，旋即又一臉釋然地問道：

「不知先生可聽過——娶狐為妻的故事？」

「狐狸出嫁的故事麼？」

百介先是兩眼圓睜，但旋即又瞇了起來。

「難不成——當時還下著太陽雨？（註11）」

百介刻意裝出一臉驚訝表情。噢，讓先生給看穿了，平八以開玩笑的口吻說道。

「方才的只是玩笑話。十二、三年前，北林領內某世家的兒子，曾從山中救回一個暈倒的姑娘，事後還娶了她。」

「然後？」

「然後——其實也沒什麼大不了。那暈倒的姑娘雖身分不明，但穿著一身婚服，還身懷大筆銀兩。因此被救回來後，就這麼給娶了進門。」

未免也太急就章了罷，百介說道。

「見人穿著婚服就把人娶回去？簡直像個說給孩童聽的故事嘛！」

「這姑娘想必也長得很標緻罷，而且還帶著一筆嫁妝呢！雖不知女方身上是發生了什麼事？總之，她為報此救命之恩而以身相許。」

「為報救命之恩以身相許？接下來呢？」

「接下來，這對夫妻恩恩愛愛地共度了一整年。在屆滿一年後——這戶人家周遭就開始出現怪火。」

「怪火——這指的是？」

「好像叫做狐火罷，一種每晚都會從各處竄出的怪火。」

「和鬼火差不多麼？」

「不，只是普通的火。後來，家中突然就起火了。待大家驚惶失措地救完火後，那妻子就消失無蹤了——還挺不可思議的罷？」

「這算不可思議麼——？」

「最後大家推論，那女人是隻狐狸，其他狐狸來把她給討了回去。」

這並不是個百介愛聽的故事。

「倒是，平八先生有什麼事要和我商量？」

百介這麼一轉換話題，平八便探出身子說道：對對，這下可提到重點了。

「看來我找來的這些故事並不合先生胃口，還是先請先生喝一杯罷。」

不用了，百介斬釘截鐵地伸手制止道。

噢，那麼先生可嗜吃甜食？平八苦笑著問道。

看來他是以為百介不嗜杯中物。

其實百介不僅酒量不錯，而且還比誰都愛酒，只是不愛在他人面前喝罷了。而且他天生對甜食也是毫無招架之力，因此常被人誤認為不好飲酒。不過這麼一來，可就為他省去喝應酬酒的麻煩，即使被誤認為毫無酒量，也不會有什麼損失。因此每當碰到人這麼以為時，他總是提醒自己不要否認。

要招待個不嗜酒的客人可真是件麻煩事哪，平八自顧自地嘀咕道。旋即站起身來說：

註11：太陽雨又叫狐狸雨，傳說狐狸若在白晝出嫁必下太陽雨，若在夜裡山上則會出現成排紅燈綿延閃爍。

「那麼——出去吃點糯米丸子如何？那邊的角落正好有家餅店，裡頭賣的豆沙包美味極了。就讓我招待先生吃些豆沙包罷——」

【貳】

平八找他商量的事，說得直截了當點兒——就是託他幫忙找個人。

希望先生能幫忙找個女人，這租書鋪老闆說道。

雖說習於四處周遊，但百介的眼界可要比平八窄得多。

畢竟百介的本業是撰述，幹這行的不比開租書鋪的，幾乎成天都窩在座敷裡，既不會上花街、商家、賭博場等各類人等或消息集散之處，生性也大多不擅應酬交際。因此百介的消息來源幾乎全靠書卷，即使不時四處打聽，百介真正擅長的也僅止於傳說野史，哪懂得該如何尋人？

這情況平八當然也清楚。不過平八並不寄望百介本人能幫上什麼忙，打的其實是他背後一夥人的主意。

平八也知道——

百介和一群無法依一般常理與其打交道的惡棍有所往來。

世上有些事，靠光明正大的手段是絕對解決不來的。

以堂堂正正、光明磊落的態度處理這種事，絕不可能有所斬獲。

百介也相信人間的確如此。雖然他毫不同意強必欺弱、勝王敗寇這類千篇一律的台詞所鼓吹

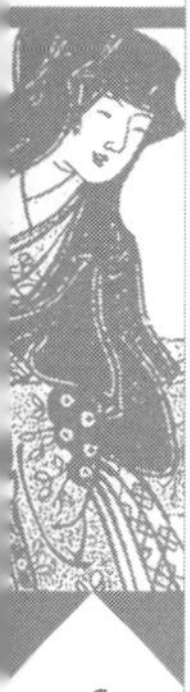

的價值，但有些事就是非得靠這種道理解釋不可。

而這夥人，正是以「非得靠這種道理解釋不可」的事餬口的。

即使碰上憑常理完全無計可施的情況，這夥人「就是有辦法」想出種種點子、設下種種莫測高深的局、以忽明忽暗的計謀解決問題。當然，有些做法或許並不合法，但他們終究能讓目的得逞，即使手法並不值得讚揚稱許。

不，該說他們從事的不過是餬口生意，因此與善惡是非、孰強孰弱可說是完全無關。總之他們不過是聽命行事，無須計較任何大義名分。

但即使如此，這夥人絕不是為非做歹的惡徒。

這就是百介以一介旁觀者的姿態與他們打交道所獲得的感想。當然，他們是無法光明正大地活在陽光下，但絕對不會從事一些傷天害理的勾當。如此懂得以高深計謀操弄他人於股掌之間，這夥人理應有能力隨心所欲圖利，但悉數卻仍過著有一餐沒一餐的生活，毫不為利慾薰心，對自己卑賤的身分也完全不為意。

若硬要說有多壞——這夥人充其量也不過是一群小惡棍。

百介與這夥人打交道的契機，是旅途中所遭遇到的一件事。也不知是基於什麼樣的緣分，或許僅是出於「偶然」——最近甚至還開始幫他們設起局來。前一陣子之所以前往伊豆，也是為了這個。

看來平八似乎從哪兒察覺到了百介和這夥人有往來。

雖然百介不記得自己曾向平八透露過。

還真是內行知內幕，隔行如隔山哪——平八說道。

想必先生必定費了很大的神，才有辦法和那大名鼎鼎的小股潛攀上關係罷——他又補上了這麼一句。

他真有這麼厲害？

——小股潛。

這個字眼指的是找出對手弱點，要點小動作使其上鉤的伎倆。擁有這不甚光彩的綽號的人物——也就是小股潛又市，正是這夥小惡棍的中心人物。平八這句話的本意，其實正是希望能請到這位又市幫忙。

又市的確是個謎一般的角色。根據坊間的街談巷議，又市是個極擅長以欺瞞、誆騙、吹捧、煽動將對手給捧上天，接著再以威脅、利誘、阿諛、奉承翻弄各種言說，巧妙左右談判方向的狠角色。

就連百介自己也老是被他給捉弄。

不過……

受平八如此請託，百介其實也倍感困擾。

他根本不知道又市的確切居所，也不知該如何會面，更不知該如何連絡。也不知是否出於偶然，每次都是又市在碰巧的時機出現在百介面前。因此雖不覺得這請託會造成自己任何不便，但仔細想想，百介還真沒主動找過他。

——再者。

又市應該在不久前從伊豆直接上西國去了。雖然已過了一段時日，或許也該回來了，但並沒有任何他已經回到江戶的保證。由於他並未當差任職，因此也沒任何非儘早趕回來的理由。又市表面上是個巡迴諸國撒符驅邪的御行，若沿途還順道做做生意，就更無法確定他會在何時回到江戶了。

即使如此，平八的再三請託終究還是教百介無法招架。

這下百介只得硬著頭皮上麴町一趟。

麴町念佛長屋——又市曾言自己的窩就在那座落魄的大雜院裡頭。不過即使已數度造訪，百介仍然無法嗅出一絲又市在該處棲身的氣息，甚至懷疑這小股潛是否真的就住在該處。

不過，唯一可以確定的是，又市的同夥之一，也就是名為事觸治平的老人就住在裡頭。治平有著原為盜賊出身的駭人經歷，如今則是完全看不出平日靠什麼營生，是個比又市還教人難以捉摸的老頭子。這下百介打的主意是——只要能見到治平，或許就能掌握到又市的動向了。

不過上那兒一瞧，卻發現治平也不在家中。

這下可就無計可施了。

百介在這簡陋的空屋中思索了好一陣子。只見缺了口的茶碗與襤褸的棉被還留在屋內，看來人是沒搬走。或許再等一等，人就會回來了——他心想。

就這麼逕自進屋內等，應該不會招惹他生氣罷。治平畢竟是個城府極深的惡徒，這下外出卻門也沒關，不就代表屋內並沒有任何「見不得人」的東西？

如此判斷後，百介正準備往屋內跨一步，隔壁的門就嘎嘎作響地開了，一顆髒得嚇人的腦袋從門後探了出來，來者是個怎麼看都不像是做正當生意的傢伙。

這下百介可狼狽了。

「那老頭不在家。」

只聽到這男人低聲說道，這下百介只得將跨了出去的腳給收回來。雖已數度造訪過這長屋，這還是他第一次碰上裡頭的住民。

「噢，那我、我就在屋內等他罷。」

「他曾說半年內不會回來呢。倒是，你若想在這兒住下也無妨，反正那老頭已經將這陣子的房租都給一併繳清，房東可樂壞了，還瞞著老婆上吉原風流哩！」

「噢——」

他可等不了這麼久。

「這——敝、敝姓山岡，家住京橋，並、並非什麼閒雜人等。」

看得出你不是呀，這男人說道。

「甭報上你的大名啦，反正我也記不住。」

「是麼？其、其實小弟並不是來找治平先生的。請、請問有位名叫又市的行者——是否也住在這幾棟長屋裡？」

「你指阿又麼？阿又他……」

「他人住這兒麼？」

「從沒在這兒見過他呢。」

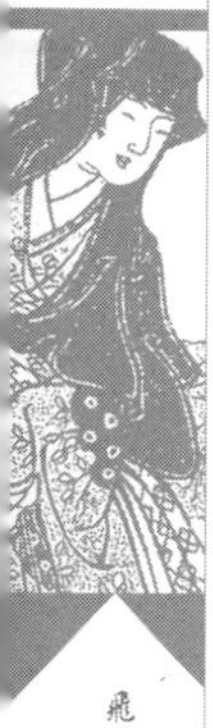

「原來他果然不住這兒……」

這下這男人卻又環視著屋內說道：

「那傢伙如今——應該在岡場所（註12）罷。」

「岡場所？大白天的就上那種地方去？」

「他可不是去尋花問柳的。那傢伙特別受流鶯和私娼（註13）歡迎，這種時辰應該正受人招待，在谷中（註14）還是蒟蒻島（註15）一帶哪個店家的二樓飲酒作樂罷。」

「又市先生也和這些人打交道？」

「先生？想不到你竟然用這兩個字稱呼那傢伙呢。」

這男人大笑著說道。

「對又市這傢伙甭這麼客氣罷。這傢伙桃花可旺啦，就憑那舌燦蓮花，可夠讓他吃遍天下呢！那些娘兒們全都以為他幫了她們、救了她們，把他當個活佛似的，我看其實全都教那傢伙給騙了還是賣啦！還真是便宜他了。」

這男人忿忿不平地咒罵了一頓，接著只說句告辭了，便關上了門。

這下，只剩百介一籌莫展地呆立在屋內。看來就這麼一直等下去也是沒輒，只能先上谷中瞧

註12：江戶時代非法私娼聚集的花街柳巷，以深川、品川、新宿、板橋、千住等地的岡場所最為有名。

註13：原文則為「蹴轉」，意指江戶時代中期於江戶的下谷、淺草一帶拉客，打扮樸素的私娼。

註14：今東京上野公園西側一帶，寺廟林立。

註15：東京新川一、二丁目之舊名。由於地處隅田川河口，地質鬆軟，故此得名。

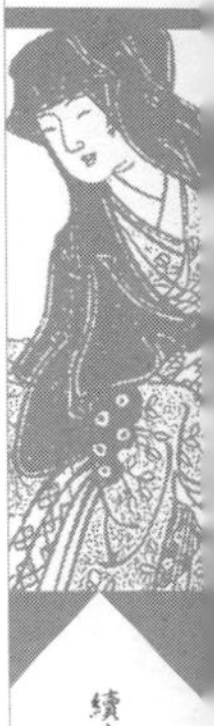

瞧了。

谷中是個寺廟林立的地方。

明曆年間一場大火讓許多寺廟遷到了谷中。看到了感應寺、全生庵、大圓寺與長安寺，對熱愛遊覽寺廟佛閣的百介來說，至少是個比其他複雜場所更易於踏足之處。

岡場所乃非法娼館——也就是私娼寮聚集之處。雖說官府也默認他們的存在，但畢竟無法光明正大地做生意。因此此處大白天是一片空蕩蕩的，教百介不由得鬆了一口氣。

原本還擔心若讓人扯著袖子拉生意時，該如何是好？

百介是個不解風情的木頭人，對這種事自是完全無法招架。因此雖然年紀一大把，還是沒走過什麼桃花運。

——好罷。

這下該從何找起？雖然約略看得出人可能在哪幾棟屋子裡頭，但總不能一棟一棟地上樓找，要喊他出來也不知該從何喊起。

百介雙手抱胸，仰天長嘆了起來。

鈴。

此時傳來一聲鈴響——

百介回過頭去，在對面一棟娼寮二樓紅格子窗的細縫間望見了一個身穿白衣的男子身影。

「又市先生。」

頭裹白木綿行者頭巾，身穿白麻布衣——此人正是一身御行打扮的又市。

百介隨即跑了過去，這下終於放下了心中一塊大石頭。

「小弟找又市先生找得可辛苦啦！」

「先生在找小的？在岡場所竟然見得到百介先生，天底下還真是無奇不有哪！倒是先生可真不簡單，竟然知道小的人在這兒——」

「這也沒什麼好神奇的——」

不過是僥倖打聽到他的行蹤罷了。

「先生上來麼？」

「不、不必了。」

「怕什麼？這兒的姑娘又不會把人給吃了，個個可是和藹可親，先生無須如此畏懼。而且先生，相較之下，待在街上可要嚇人得多了。這兒的人拉起客來可是不擇手段的。」

被他這麼一說，百介不由得環視周遭——這下可覺得似乎真有無數雙眼睛，正透過每個店家的門縫朝自己身上盯來。百介驚覺此處果然待不得，連忙快步跑向又市所在的店家，一股腦兒地鑽過了串珠垂簾。

入內後，只見門口的老鴇正緊盯著他瞧。

「小弟乃……」

稀客稀客，只聽到又市喊道：

「這位先生是我的貴客——」

只見樓上的又市正透過一群簇擁著他的鶯鶯燕燕之間朝樓下窺伺著。

「老闆娘，抱歉小的得暫借二樓用用。先生，上來罷。」

怎的，竟然來了個白面書生，這真的是阿又先生的貴客麼？只聽到鶯鶯燕燕們七嘴八舌地說道。百介就這麼在眾人好奇的目光下，手腳僵硬地上了樓。

也不知打的是什麼主意，只見又市滿臉微笑地迎接文弱的百介進入包廂，接著便向鶯鶯燕燕們說道：

「勝負就留待稍後分曉罷。能否請大家先出去一趟？」

看來他正在和她們打花札。這下鶯鶯燕燕們紛紛以撒嬌的口吻說道：

「哎呀，難怪咱們再怎麼使出渾身解數，都勾引不了阿又先生——原來阿又先生好的是此道呀！」

「各、各位誤會了——」

百介慌忙否定道，但又市只是笑著回了一句：

「可千萬別窺探哪——」

接著便關上了拉門。

「又市先生——這似乎不大妥當罷……」

先生甭擔心，又市一屁股坐了下來說道：

「小的並無『斷袖之癖』。」

「這——小弟是相信，但稍早的誤會……」

「噢，岡場所這地方品味是低俗了點兒。」

又市開心地笑著說道。

「若這點小玩笑都讓先生如此困擾，在這兒可就什麼事都辦不成了。方才那些姑娘們大都是情非得已，才讓小的安插到這兒來討口飯吃的。小的雖不願當個皮條客，但世上芸芸眾生可謂形形色色，有的可是連為娼都難。倒是——」

先生找小的有什麼事？又市問道，並直接在榻榻米上的茶碗中倒了點茶。

「噢，其實是為了——」

要拜託他以小股潛的能耐辦點事，還真是難以啟齒。

畢竟小股潛是個貶多於褒的字眼。

「不知是否能請先生幫個忙。」

「先生若有事相請，小的絕對是兩肋插刀，在所不辭。請問要小的幫的是什麼樣的忙？」

「噢，想拜託先生找個人——」

撰寫考物的先生竟然也需要尋人？只見又市一臉驚訝地說道。

「小弟找人，值得如此驚訝？」

「噢，其實並非覺得有哪兒奇怪——不過是小的一直一廂情願地以為，先生對活生生的人毫無興趣罷了。」

的確，百介平時幾乎只和書卷打交道。雖然或許帶股霉味，但他的生活中，的確嗅不到幾分人味。

「先生果真是明察秋毫。人的確不是小弟要找的，實乃受某位朋友所託。但這位朋友欲請託的其實不是小弟，而是——」

細節就不必告訴小的了，又市說道。

這下百介可鬆了一口氣，否則事情還真是難解釋。百介依然套不出平八是如何察覺到自己和又市有交情的。不論如何詢問，平八就是不願透露任何細節。

「那麼，小弟就單刀直入地說罷。其實是——尾張（註16）某大戶人家想找個女人。」

「尾張？」

「是的，似乎是名古屋一家駿船大盤商。」

這其實也是間接聽來的，為此百介還刻意補上「似乎是」幾個字。

接下來還攤開了原本掛在腰際的記事簿，好進一步證明這全是聽來的。

「噢，據說這位尋人事主，名曰金城屋亨右衛門。」

金城屋——又市磨蹭著下巴說道：

「——應該是個大財主罷？」

「據說曾為富商之流，只是和一般巨賈似乎有點不同。據說他從區區一介手代（註17）白手起家，年輕時行事嚴謹剛直，不論經商或日常舉止均不忘身先士卒以身作則，因此獲雇主賞識招為女婿。當上老闆後亦是嚴以律己寬以待人，時時不忘勤勉精進，方得以坐擁萬貫之財。據說——其人生性仁者不憂，生活上亦是君子三樂俱全。」

「曾為？」

「是的——曾經如此，但如今已是落魄不堪。不過落魄的並非其經營之商家，而是人品。」

聽完百介這番話，又市嗤鼻「哼」了一聲，眼神怪異地問道：

「人品要如何個落魄法？」

「意指其並非財力落魄，而是人品日形墮落。原本勤勉得教人五體投地，如今卻自甘墮落到讓人難以置信，如今的他終日無所事事，成天飲酒度日。由於生意已委由兒子和掌櫃經營，因此尚能勉強維持，但畢竟許多生意原本是憑其人德方能成事，故如今經營得已不復往日順遂。」

原來如此呀，又市從成疊花札中抽出一張說道：

「意思是他變了個人？」

「是的。若說只是鬆懈了，先生或許會認為他是人老糊塗了。況且他一輩子都活得如此一絲不苟，如今的放蕩或許會讓人感覺不過是個反彈，但情況絕非如此。據說亨右衛門先生整個人變得無精打采，有陣子甚至是茶不思飯不想，瘦到眼窩和雙頰深陷，一張臉完全變了個樣。」

雖然小弟並沒親眼瞧見啦，百介又這麼補上了一句。

聽來可真是不妙哪，又市說道：

「想必他——是病了罷？聽來這位先生像是患了某種心病。是不是太想見什麼人，才會變成這副德行的？」

「先生果真是明察秋毫。」

註16：日本古國名之一，位於今愛知縣西半部。

註17：江戶時代的雜務小吏。

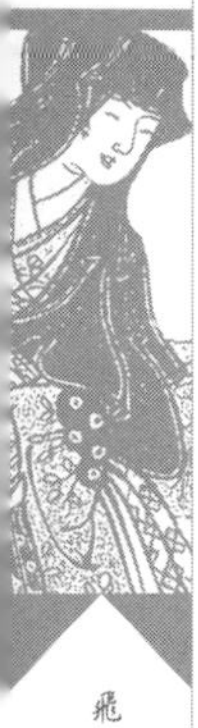

想不到這麼快就讓他給猜中了。

「據說亨右衛門先生的確有個非常想見的人。」

「想到如此地步？」

「雖說不知有多嚴重，但的確是想到茶不思飯不想的地步，想必傳言並無過於誇張之嫌。由於他太想見這個人，非見上一面才死得瞑目，如今一條老命幾乎全靠這股思緒撐著。」

此人——可是個女人？又市問道。

沒錯，是個女人，百介回答：

「據傳亨又衛門先生為人剛正不阿，毫不輕佻。知名商號老闆通常包個一、兩房妾室在所難免，要不就是曾花名遠播花街柳巷，但他卻是一身乾淨。據說在配偶於二十五年前早一步離開人世後，他有整整十五年未近女色，就連一隻母貓都沒碰過。甚至傳言兒子見他如此不解風情，甚至擔憂父親是否有哪裡不對勁——」

「這純屬多慮罷。若因其父生性耿直便如此擔憂，未免太本末倒置了。」

「先生言之有理。不過仔細打聽，又發現亨右衛門先生之所以如此謹慎，似乎也是因為擔心財產為外人所覬覦。然而，據說這並非出於守財吝嗇——」

「是為了其兒孫？」

又市啪的一聲放下了手上的花札說道：

「也就是說，他如此謹慎用事，是為了預防留給兒孫的財產為外人所侵佔？」

「似乎是如此。唉，總而言之，若只是純粹玩玩，理應不至於踰越分寸。但或許是出於經驗

闕如，不知該適時收手，只怕會逐漸玩出感情來。有了情就會有依戀，若還有了孩子，必定更是疼愛有加，或許還因此將之迎娶進門續弦——接下來的可就麻煩了。自己的兒子年紀也到了，再過不久或許就要抱孫子，如此一來子子孫孫加上後妻，一家人難免為財產起爭執——或許其擔憂就是出於這類未雨綢繆的深謀遠慮罷，畢竟這種事其實是屢見不鮮。雖然這場御家騷動（**註18**）應不至於發展到武家般的嚴重程度，但時下這類紛爭在商家已是頗為常見，因此這隱憂其實不難理解。只是……」

百介雙手按在膝上，往前探出身子說道：

「據說在十年前——亨右衛門先生還是有了女人。」

「噢。」

「據傳這女人來自京都，但關於其出身、或兩人結識之經緯，小弟則未能探聽詳細。不，該說是詳情無人知曉。」

「是個京都女人？」

「只聽說操的是京都口音，亦聽聞其態度優雅、舉止大方——總之想必是個尤物罷。不過情況正如同他自己所擔心的——他在這關係上果然還是踰越了分寸。亨右衛門先生在這場遲暮之戀中，似乎完全讓這女人給迷得無法自拔，到頭來終究還是決定將她給娶進門當後妻。」

噢，又市又應了一聲，並盤立起一條腿。

註18：原指江戶時代大名家族成員為爭奪主導權所爆發的抗爭，後世引用為企業或世家家族為領導權所引發的紛爭。

「聽起來他可是打算認真了。」

「應該是認真的罷，不過事情可沒那麼順利。從兒子、掌櫃、到所有夥計，大家全都反對這門婚事。」

「她不是個好女人？」

「不，據說也並不是什麼壞女人。」

那麼，還是為了擔心引發財產繼承的糾紛罷——又市問道。

「亦非為了這個。」

「不是麼？」

「並不是。其子名曰榮吉，據說個性淡泊名利，完全不適合行商，而且還是個獨子。甚至曾就繼承家業一事表示，父親若為續弦再娶又生了孩子，自己願意自家業經營抽身。其子目前仍為單身，但甚至曾言哪天自己成家了，將把家業分給掌櫃及夥計——可見其精神至為可嘉，分此反對的理由應非戀棧家產。畢竟其父原本不近女色，大概是單純質疑父親如此倉促決定，是否有失妥當。換成小弟，應該也會有此擔憂罷。」

「噢。」

又市以敏捷的動作解下了頭巾。

「不過先生，這種事其實也無須如此擔憂。畢竟有人糊里糊塗地進了門，便與素昧平生的對象結縭三十載，亦有人只憑一見鍾情，就當了五十年夫妻呀！」

話是如此沒錯——百介回答道。

只覺得男女之情這種事還真是難解。

「雖然或許尚有其他緣由，但正如又市先生所言，周遭反對的理由的確有失公允。據傳女方態度從順，對此事不表任何意見——當然，她也沒立場說什麼就是了。但亨右衛門先生絲毫不願讓步，到頭來還是強硬地為自己定了這門婚事。這下旁人可就無計可施了。畢竟是父親、老闆的決定，大家自然是不敢不從。雖然對商家或許將造成問題，但這下只得拋開先前的紛紛擾擾，暫時放下家業繼承的爭議，先將這場婚事給辦妥。」

只是——話及至此，百介裝腔作勢地賣了個關子。又市笑著說道：

「看來事情就是沒那麼順利？」

「正是如此。禮也行了，門也進了，到了大家準備舉行婚宴大肆慶祝的當天——新娘子卻突然消失無蹤。」

「消失無蹤？」

「是的，人就這麼像一縷煙似的活生生地消失了。這下金城屋可起了一陣天翻地覆的大騷動，所有夥計傾巢而出地出外找人，同時還報上衙門，祭出大筆賞金尋人，但到頭來還是連個人影都沒找著。」

原來如此——又市嘆聲說道，放下跪起的腿恢復原本的盤腿坐姿。

「過度思念失去蹤影的新婚寶眷，讓這巨賈完全變了個人？這思念之情——讓他日漸消瘦？」

「正是如此。頭一年還拚命找人，到了翌年則是終日以淚洗面，人也就愈來愈衰弱了。兒子和夥計全都無計可施，原本以為他再怎麼難過，遲早也將忘卻此相思之苦，只要回頭投身商務，

內心傷痛便不難平復，因此暫時觀望了一陣子。只是情況非但沒有好轉，反而還每況愈下。」

又市瞇起眼睛，以眼角餘光朝堆在一旁的被褥瞄了一眼。

「聽來十分不妙。」

「的確不妙，據說有陣子甚至連口飯都嚥不下。」

「那麼——」

這御行敏捷地望向百介。

百介慌忙避開他的視線。

「要小的找的人，就是這新娘子？」

「是的。」

「還要找她做什麼？」

這女人都已經拋棄他了不是？又市詫異地問道。

「不論是為了什麼緣由，這女人畢竟已讓金城屋的聲譽蒙塵、也讓老闆蒙羞，為何還須再見上這一面？該不會以為過了十年，和她就有機會再續前緣了罷？」

「這——」

百介哪可能懂得這種微妙的男女之情。但雖然不懂，至少也認為這女人根本不可能回頭。更甭提再續前緣了。

婚都逃了，必定有個逃婚的理由，加上又是到了婚宴當天才逃的，想必是有了相當程度的覺悟。無論為的是什麼理由，當年在這種狀況下都敢逃婚了，事到如今不論再做任何努力，這破裂

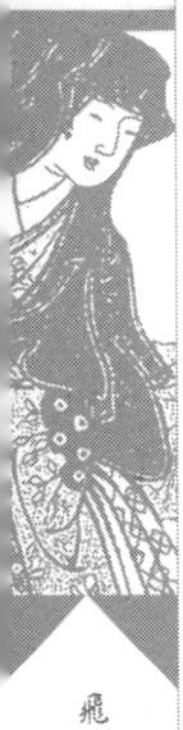

的姻緣應該已是無法彌補才對。

而且，都已經過了十年的漫長歲月。雖說再嚴重的摩擦經過這段時日，也可能會消彌於無形。但人與人之間的鴻溝不論經過多久，都只可能加深，而不可能被掩埋。不，應說是這種距離，只會讓人隨時間流逝而漸行漸遠。

只是——

「只是什麼——？」

又市露出一個罕見的訝異表情問道。

「其實——」

有人在江戶看到了她。

這女人她人在江戶——平八是這麼說的。

「據說——前年金城屋有位夥計前來江戶洽公時，看到了這個女人。」

「她來到了江戶？」

「對，而且令人不解的是，據說那女人的打扮，教人『完全看不出』她是做什麼的。」

「看不出是做什麼的——是副什麼模樣？」

「噢，總之她看來不像是嫁人了，至少不像是嫁入武家或商家為妻的打扮，也不像在哪兒任職幹活。不過裝扮並不貧賤，反倒還有幾分奢華。不過這位夥計也表示，她看起來並不像個娼妓流鶯之輩。」

「裝扮奢華——？」

又市再次磨蹭起下巴來。

「是的。至於是什麼樣的打扮，小弟所能聯想到的大概只有阿銀小姐那種藝人裝扮罷。總之這方面詳情小弟並不清楚。只是一聽到這消息，原本快忘卻相思之苦的亨右衛門先生又——」

平八以鬼迷心竅形容他從那之後的舉止。

只是百介並不直接轉述平八的話，而是在措詞上力求謹慎。

百介完全無法相信，竟然有人會為這種事如此瘋狂。

若是囫圇吞棗地聽信平八所言，亨右衛門後來的舉止的確是明顯脫離了常軌。

聽來的確僅能以鬼迷心竅來形容。不過——

世上原本就有許多教人難耐的傷痛，相信有些更是會讓人精神錯亂到失衡崩潰。不過亨右衛門可會如此脆弱？與摯愛別離的確教人心酸，但也有不少痛失子女、配偶，或遭逢其他類似境遇者，絕非每個都會因此錯亂。

亨右衛門並不是死了妻小或父母遇害，不過是想見見一個逃婚的妻妾罷了。一個人——真會為此發狂？

更何況亨右衛門還是個知書達禮的大商家老闆，又不是個稚齡孩童，一個懂是非又重體面的長者，豈可能為女色瘋狂到「這種」程度？雖說愛戀是盲目的，但這也得有個對象才算數。若鍾愛的對象人都跑了，這場夢豈可能不醒？

百介頓時啞口無言了起來。

「又開始有些……」

小的懂了，又市點了好幾回頭說道：

「聽來的確不妙。」

「是的。總之他就是想見那女人一面，想到了幾乎瘋狂的程度。這小弟實在是完全無法理解。據說他成天又哭又鬧的，一到晚上就上街徘徊，活像個巡夜打更的走遍每條大街小巷，像在找走失了的貓似的直呼那女人的名字。白天則是四處遊蕩，以教人難解的方式到處散財——整個人已經是支離破碎了。」

「如何個散財法？」

「噢，據說他終日流連小間物屋（**註19**）或吳服屋（**註20**），大肆蒐購和服、梳子、或髮簪什麼的。最後甚至開始買起了木材。」

「木材？這可就費人疑猜了——」

又市蹙眉說道。的確，這百介也完全無法理解。

「豈不是麼？而且還是一根一根精挑細選地買，想必還花了不少銀兩罷。原本一切都瞞著家人和店內掌櫃，但到這地步哪可能不被拆穿？這下大家全都知道了老闆的揮霍行徑，個個為之惶恐不已。和服或化妝品什麼的還不難理解，但這下連木材都給買來，可就沒人當他神智還清楚了。請問，又市先生可看得出什麼道理？」

註19：販賣小型日常用品的雜貨商店。

註20：販賣和服的服飾店。

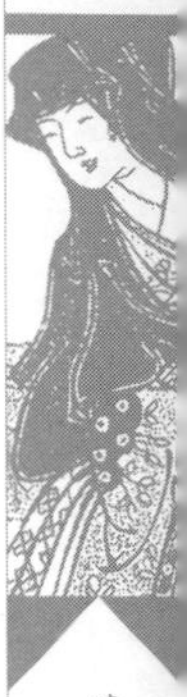

「這……小的從沒在木材行買過東西——」

因此欲參透也無從，又市回答。

「對不？的確是教人難以理解。金城屋裡的夥計當然也想不透這是怎麼回事，再怎麼家財萬貫，能散的財總會有個限度。這下大夥兒只得逼老闆說出緣由，亨右衛門先生卻厲聲表示無可奉告。到頭來他從江戶和大坂請來為數眾多的工匠，蓋了一座宏偉的宅邸。」

「宅邸？」

又市不解地歪著腦袋。難道就連這個御行也對這舉動感到費解？

「是呀，一座宅邸。似乎是特地為了迎接那女人回去而蓋的。」

「特地為她準備的新居？」

「應該是罷。據說還是座宮殿般的豪宅呢！接著他便表示如今已萬事具備，命店內夥計及早把那女人給找回來，還吩咐找著人時得告訴她：一切均已準備妥當，這回都將『合她所望』。」

「噢！」

又市也不知是為了何故驚嘆道。

「期望？」

接著這小股潛又將這兩個字給複誦了一遍，旋即低下頭沉思了起來。

「據說亨右衛門先生表示只要這麼說，那女人就一定會回頭。想來也有道理，就連豪宅都蓋了，這下還真是作好了萬全的準備，只等著她回去了。不過那女人畢竟就連在婚宴當天都要逃婚，想必即使做到這種地步，應該也不會有什麼效果罷。這回一切都將符合她的期望這句話，似

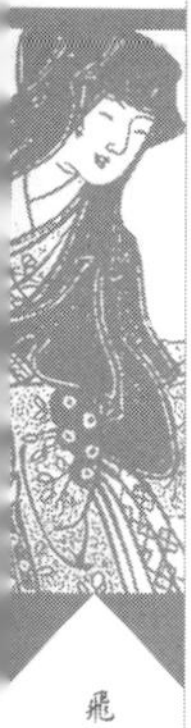

乎也太──」

未免也太戀戀不捨了。

「而且亨右衛門還表示，一天不把那女人帶回來，自己就一天不踏出這棟宅邸，從此就把自己關在那座豪宅裡，終日足不出戶。」

「自囚麼？」

「是的。怪異舉止之後，接下來又搞起了自囚。店裡的夥計們這下可真的傷腦筋了。先生說這奇不奇怪？難道真有可能發生？」

當然有可能，又市回答道：

「畢竟清姬（**註21**）都能因苦戀折磨而化身成大蛇了，無知的凡人在愛戀之路上豈懂得拿捏分寸？不過，一般人等成不了什麼事，到頭來也只能默默承受。可憐的是這位巨賈就是因為家財萬貫，才會有此作為。」

原來如此。

他的所作所為，的確都是有錢才辦得到的。換作一個窮人，即使想這麼做也做不來，因此只能如又市所說的，讓滿心苦悶隨時光逐漸淡去。而亨右衛門再怎麼知情達理，卻又擁有供自己做此無謂掙扎的豐厚財力。

原來──有時富裕也可能是一種不幸。

註21：《今昔物語》中，因知悉苦行僧戀人安珍違背兩人重逢誓約，盛怒之下化身大蛇追逐戀人的女主角。

「總而言之——看來這並不是兩人能否復合的問題。想必亨右衛門先生兒子求的，不過是父親能恢復正常，因此可能認為只要能見上那女人一面，父親應該就能心服了。見了面若還是不成——應該是不會成罷，至少也能讓他死了這條心。總之再這麼耗下去，說不定兩人就將成生離死別，父親的苦思之情也就至死都無法平復了。」

事情可不會如此順利，又市說道：

「癡情苦戀無藥可解，色道地獄有如無底深淵。不過先生，這地獄只要下個一次就會下第二次，下了第二次就會有第三次；見著了對方將更為迷戀，見著後分手至為痛苦，分手後卻更為戀棧——若一個人的思念之情如此強烈，事情可就難以收拾了。要揮刀斬斷這煩惱絲，可不是件容易的事呀！」

「是麼——？」

百介誠惶誠恐地問道。

「不過——這種差事本來就是小的這種小股潛的本分。只是，先生呀……」

又市再次抽出一張花札說道：

「為見鍾愛的女人一面而差人四處搜尋，乍聽之下或許像個佳話美談，不過這種事可不是這麼容易有個結果的。是要讓兩人終生相守還是就此遠離，到頭來還是非得做個決定，否則絕不可能有個善終。先生，不論是要讓人相守還是分離，要處理人與人之間的緣分，都得有相當程度的覺悟。小的這舌燦蓮花，有時可是能定人生死的。」

想必還真是如此。男女之情看似單純，其實若稍有差池，也可能釀成大禍。當然，這種事已經超乎百介所能理解的領域。

小的對此可是感觸至深，又市說道。

「感觸至深？」

「是呀。小股潛原本就是個靠誑騙他人吃飯的差事。但雖說是誑騙，若是惹人憎恨，生意可做不成。再怎麼說，靠欺瞞餬口畢竟還是得講道義。在無法開花的不毛之地上耍盡誑騙手段，使其化為百花盛開之樂土，方為小股潛應循之正道是也。」

「這小弟也明白。」

真的明白麼——又市反問道。

這語氣聽來，似乎是在質疑百介哪可能明白。不過——又市接著又笑著說道：

「先生，幸福這種東西並非打哪兒冒出來的，其實就存在於當下。端看一個人是否認同自己當下的幸福。有道是人生如夢，若真是如此，小的認為人總不可能一輩子作惡夢。若一切果真是夢，謊言在被揭穿前亦是真話。只是，謊言若成了真話——」

又市朝自己的光頭摸了一把。

「——有些時候一切可就徒然了。」

「一切徒然——？」

一切徒然。

「好了。」

又市垂下目光看了看手中的花札。

「可否請教——那察覺小的與先生有往來的傢伙，是個什麼樣的角色？」

看來——他還是得問個清楚。

「又市先生，這可就……」

「小的一開始就說過，既然是先生親自請託，小的絕對樂於幫這個忙。只不過，還是得知道這請託的出處。江戶雖大，但知道先生與小的有往來的傢伙，理應沒幾個。」

「是、是麼？」

「先生可是小的手中的壓箱王牌呢！」

又市放下手中的花札說道。

桐（註22）。

這句話是什麼意思，百介完全參不透。

「是誰拜託先生來的？」

「噢，這……」

百介便向他解釋了平八是個什麼樣的人。雖然就這麼全盤托出有點教人擔心，但平八也沒吩咐過不可張揚。又市耐心聽完後，只喃喃地說了一句原來是個開租書鋪的，接著便像是摸清了什麼似的，轉而詢問起要他找的女人叫什麼名字。

「據說她名叫白菊。」

百介這麼一說，這御行便露出一副極為惶恐的表情。

「就是——白菊？」

「這、這人先生認識？」

又市並沒有回答，先是視線游移地思索了半晌，接著才又問道：

「而且這女人——來自京都？」

「是的，這可有什麼問題？」

這可棘手了，這小股潛低聲說道。

「棘手？」

「噢——其實也沒什麼。那女人若真是小的所認識的白菊，先生不妨找樓下的老闆娘打聽比較清楚。」

「老闆娘——可就是方才那位……？」

「是的。那老太婆雖然模樣駭人，至今也沒聽說過她吃了什麼人，先生大可放心。那麼，小的得儘快去找些線索了。」

說完又市便站起了身來。

【參】

白菊——？老闆娘複誦這名字時皺起了眉頭。

註22：花札中代表十二月的牌，牌上圖樣為泡桐。

「白菊——你說的可是那打京都來的白菊？」

是的，百介誠惶誠恐地回答道。

周遭瀰漫著一股特殊的氣味。

這老闆娘穿著一身華麗但絕非上等的和服，正叼著一根菸管，在沒點火的火鉢前吞雲吐霧。

「是阿又那傢伙叫你來找老娘打聽她的？」

「先生說找老闆娘打聽比較清楚。」

「那麼——」

阿又現在又上哪兒去了？老闆娘漫不經心地問道。

「又市先生說要出去找些線索。」

「線索？」

老闆娘一臉納悶地歪起了脖子。

接著又從鼻孔中吐了一股煙說道——看來他又開始打起什麼麻煩的主意了。

想必是如此罷。

「小老弟，白菊她，我算算——一、二、三……對了，直到八年前還是個在吉原田圃（註23）打滾的歡場女子。」

「她是個歡場女子？」

但去年看見白菊的金城屋夥計卻說她看來不像在賣身。

這麼說來，難道是認錯了人，還是看走了眼？

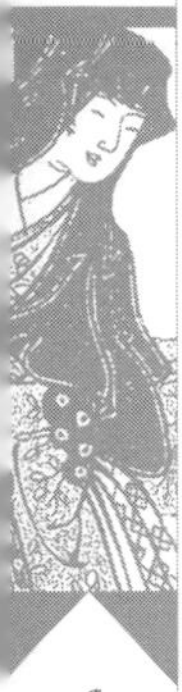

老娘不是說過是八年前的事了麼？老闆娘說道。

「如今——已經不是了？」

「現在是不是我哪會知道。老娘只知道她以前的事兒。這姑娘——可是個上乘貨色呢，一身白皙滑嫩的冰肌玉膚，五官端正氣質優雅，就連老娘這種粗人都看得出她是多麼的高貴大方。好男色的女人多半氣質低俗，但她可是截然不同。雖然她並不愛說，但這種與生俱來的氣質可是藏不住的。」

「難不成她出身權貴？」

「那女人可是朝廷公卿之後呢。」

老闆娘將菸管往火鉢邊緣鏗地敲了一記。

「朝廷公卿——之後？」

「聽說她是堀川一個姓什麼的貴人的私生女，所以懂得許多煩瑣的禮節。這種人要怎麼形容來著……」

「知書達禮？」

「老娘也不知道。總之她知道很多聰明人才懂得的事。老娘也沒什麼好自誇的，不過是個一在窯子裡出生，就給扔進水溝裡洗的窮光蛋，她說的話可是一句都聽不懂。」

註23：簡稱吉原，位於今東京淺草北部。於一六一七年獲幕府認可為法定賣春場所，近世因賣春防止法成立而於一九五八年廢止。

接著老闆娘便放聲大笑了起來。

「可是，一個公卿王府的千金，怎會……？」

「你想問的是她怎會淪落吉原賣身是麼？這還不簡單，是老娘讓她下海的。」

「是老闆娘——要她下海的？」

這種事有什麼好驚訝的？老闆娘一臉詫異地盯著百介問道：

「有哪裡不對勁？」

也沒什麼不對勁。

不過是百介和這位老闆娘所生息的圈子不同罷了。你可別誤會了——老闆娘抓起擺在火鉢旁的酒瓶說道：

「我可不靠將撿來的女人推下火坑斂財，這件事老娘可是分文未收。不是老娘自誇，我這個老鴇雖然愛喝兩杯，但為了幾個子兒瞞騙鄉下姑娘這種壞勾當可是不幹的。幹這種事只會招人怨恨罷。那女人原本就不是個生手了。」

「生手？」

「指的就是良家婦女呀。流落到這一帶時，她已經開始在街頭拉客啦！」

「是麼——？」

這麼說來——難道她從尾張出走後，為了餬口被迫開始出賣靈肉？

只要她願意，就有個商家巨賈能讓她享盡榮華富貴。

而她卻不惜為娼也要出走。

難道亨右衛門真的教她厭惡到這種地步？

「不對不對。」

老闆娘揮手說道。

「有哪兒不對？」

「你提到的那門白菊和尾張巨賈的婚事是十年前的事罷。十年前——那女人是十八歲。但白菊曾說自己打從十六歲便開始賣身，代表在認識那巨賈之前，白菊就已經下海了。」

「是麼？」

「聽說白菊她原本在難波大坂的新町賣身，當時很受歡迎——不過這是她自己說的，也不知是真是假。總之她在大坂混了約一年，大概接著就到了尾張。在那兒把那不習慣買女人的巨賈迷得團團轉的，到頭來還出錢為她贖身——大概就是這麼回事罷。」

原來如此，如此聽來倒是頗合理。

「總之，白菊原本就是個賣身的。」

話及至此，老闆娘不屑地咋舌呿了一聲。

「這女人也實在太不識抬舉了。再怎麼有姿色，也不能隨心所欲地亂拉客人罷。」

「不識抬舉——？」

「她是不識抬舉呀。也不先和地頭蛇打聲招呼，拉起客來毫不把江湖道義放在眼裡。唉，憑自己的美貌賣身餬口，她這毅力的確值得尊敬，但大家總不能眼睜睜看著客人被搶走罷。若你說的都是真的，看來她從尾張到江戶，一路大概都是靠這種手段走過來的罷。」

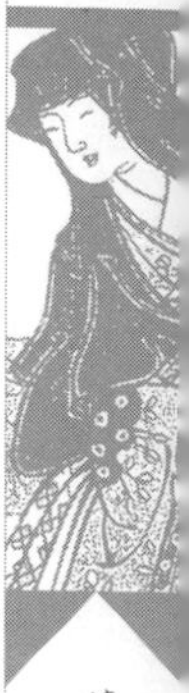

看來她這一年就是這麼過的。

「一個人再怎麼低賤，想混口飯吃畢竟還是得乖乖守著自己的地盤，就連流鶯也得講這點道義。若觸犯了這條規矩，可是要到處碰壁的。所以白菊在江戶很快就惹上了麻煩，不管到哪兒都是如此。」

「噢。」

「事情鬧得可大了。也不知那女人哪來的膽子，竟然和一群無賴上演了一段全武行。看來她可能學過一點兒武術罷，憑那對瘦瘦的胳臂居然還搏倒了五、六個大漢，不過最後還是教那些地痞流氓給擺平，正要被送去吃牢飯時，老娘就把她給救出來了。」

原來如此——看來她果真是個面惡心善的大好人哩。

「原本我想把她留在這店裡賣身。」

這年齡不詳的老闆娘環視著自己的店內說道：

「想必她會成為一塊很好的『招牌』。當年白菊年約十九還是二十，雖然也沒多年輕，但姿色可是能充分彌補這缺憾。所以當時老娘還曾認真考慮拿她當這家店的招牌哩。不過也擔心她出身不凡，要是動輒對客人失禮可就用不得，只是她生得實在是美如天仙，在這兒顯得鶴立雞群。想到她在新町時名號那麼響亮，教她窩在岡場所當個私娼未免也太暴殄天物，所以老娘就把她給送進裡頭去了。」

裡頭指的就是吉原的花街罷。

反正哪管是裡頭還是外頭，幹的還不都是同樣的活兒？這女中豪傑手按太陽穴說道。

「既然都是賣身，當然希望能賣個好價錢。『換做一個醜巴怪』，真想進裡頭討飯吃還進不成呢。反正那時她既不知該上哪兒，也不想幹什麼其他活兒，看她本人都跪下來求我讓她賣身了，既然要下海，還不如挑個好地方。你說是不是？」

百介先是頷首，隨即便低下了頭。

「當時老娘認為她生得這麼標緻，絕對能讓客人趨之若鶩，後來證明我果然沒看走眼。白菊很快就當上了格子（**註24**），也開始有了常客。眼看她不久就要升格當上太夫（**註25**）了。」

「太夫？這頭銜很了不起麼？」

若當上了是了不起呀——老闆娘草率地回答道。

「但到頭來沒當上？」

「沒當上罷，也沒聽過這兒出了個白菊太夫呀！」

這些話只讓百介聽得一頭霧水。他對花街柳巷的情形幾乎是一無所知，八年前他還只是個懵懂無知的小毛頭，對當時的事就更難理解了。

「白菊她——最後總會讓客人起些糾紛。」

「什麼樣的糾紛？」

「想必她天生是個妖孽罷，這種女人可是會毀了男人的。」

註24：原指妓院面對街道的、隔著窗格子供尋芳客挑選娼妓的房間，此處指江戶時代娼妓的頭銜，地位僅次於太夫。

註25：吉原妓院中地位最高的娼妓。

「毀了男人？」

「是呀。也不知她到底是桃花太旺還是生得太美，每個客人都讓她給迷得團團轉，個個都變得一副意亂情迷的。」

「意亂情迷？」

「唉——窯子這種地方，原本就只是讓男人來風流的，會對女人認真的呆子根本就不該上門光顧。但只要點過了白菊，即使是經驗再老道的尋芳客也變得無法自拔，紛紛開始認真地追求起她來。」

「噢。」

原來亨右衛門也不過是其中一個。

看來還真有這種女人哪——老闆娘說道：

「說來還真是教人羨慕。看到賣身的也能如此迷倒眾生，還真是讓咱們高興。不過再怎麼迷戀，也總該有個限度。辦完事不懂得翻臉不認人，可是尋芳客之恥。成天逛窯子是不打緊，但天天光顧可是既費財又傷身。但白菊那些客人上門時，可管不了這麼多了。只是他們愈認真，白菊對他們就愈是不理不睬。」

「難道她不感激這些常客？」

「再怎麼說也得有個限度呀。歡場女子的身子可是要賣錢的，怎能讓哪個客人給獨佔？行情再怎麼好，身子也不過就這麼一個，難不成要撕成幾塊來陪他們？即使如此，客人們還是爭著要包養她、或為她贖身。甚至有幾個傻瓜還鬧到揮舞剪刀要脅；在裡頭可是禁止亮刀子的。只是

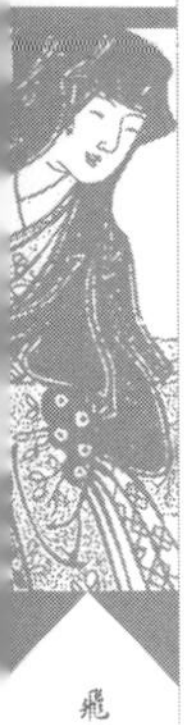

一、兩次倒還無所謂，但這種事若一再發生——可就要成了白菊的不是了，總會招來一些難聽的流言。」

原來如此，百介這下終於弄懂了。

「不過，既然有這麼多人爭著為她贖身，她怎麼沒從這些客人裡——」

「挑一個嫁人——是麼？」

「是呀，只要從良不就得了？」

就是辦不到呀，老闆娘冷冷地回答。

「為何辦不到？」

「大概在——八年前罷。」

老闆娘為湯碗斟滿酒說道：

「白菊就不見蹤影了。」

「不見蹤影？」

她又——消失了？

「是為了從娼館開溜？」

「為何要開溜？白菊並沒任何負債，也沒簽下賣身契，別人得向窯子奉上的佣金或分紅她全都能存下，以一個賣身的來說，想必是存下了不少銀兩。只是……」

當時又失火了——老闆娘說道。

「失火？請問是……」

「不過是一場小火罷了。發了瘋的常客有時會放火，最初只燒掉了幾床被子。但接連發生了幾次，弄得連白菊自己也受不了了。到頭來還真的出了一場大火。」

「噢，這火——也是客人放的？」

「應該是罷。只是元兇已經被燒得焦黑，根本認不出身分。」

失火——

「當時差點兒就釀成一場大火呢！幸好似乎沒波及到其他地方，但還是將那間娼館整棟給燒掉了。待火勢一滅，大家就發現白菊她人不見了，不過並沒找著屍體。因此她應該沒死，只是開溜了。」

「開溜——可是因她覺得自己得為這場火負責？」

是因為她討厭火罷——老闆娘草率地回答道，並為自己再斟了一碗酒。

一股酒香直撲向百介的鼻頭。

「老娘覺得她實在是被火給燒怕了，所以就這麼開溜了。」

以帶著一股酒臭味的嘴說完這番話後，老闆娘扭曲著白皙的頸子別過頭去，啜飲了一口酒。

「被火給燒怕了——？」

「是呀。現在回想起來，白菊還真是個可憐的女人呀。即使自己再不願意，周遭的人還是一個個為她而瘋狂。但是到頭來被搞瘋的還是白菊自己，所以多少算是自作自受罷。想必這也是她的命哪。」

老闆娘說完便把酒一口喝乾。

「她的命——？」

「是她的命呀。也只能這麼解釋了不是麼？有哪個人會傻到選擇過不幸的日子呀！那女人可是——」

老闆娘先是停頓了半晌，接著才把話說完：

「那女人可是丙午年出生的哪。」

丙午？百介把這兩個字重複了一次。

看來你是不信這套罷，這下老闆娘緊咬著他不放地說道。

「也不是不信——」

「瞧你這語氣，一副想質疑些什麼似的。」

「噢，其實小弟並不是這個意思……」

你想說的是，老闆娘將茶碗砰的一聲朝火鉢上一放說道：

「不相信真有命中註定這種事是不是？」

「小的不是這個意思——不過那真的只是迷信罷了。」

這老娘也知道，老闆娘說道。

相傳丙午年出生的女人——

是會把男人給吃了的妖孽。

這不過是個迷信。

一個毫無根據的迷信。

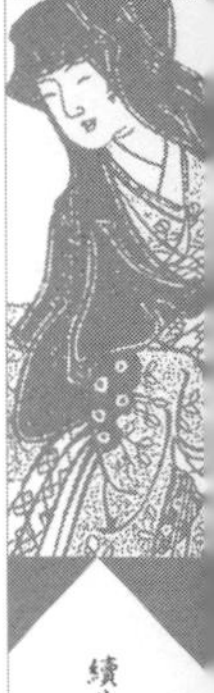

丙午是——在以十干十二支所構成的曆法中，每六十年會輪到一次的組合。

十干為甲乙丙丁戊己庚辛壬癸，十二支則為子丑寅卯辰巳午未申酉戌亥。兩者相結合，可依序配出六十種組合，然後便以此順序不斷循環。

這其實也沒什麼特別的。

不論是正式還是粗製濫造的年曆，上頭都見得到這種干支的組合。

占星卜卦的書卷上，總會煞有介事地預測今年是什麼干支，因此多火光之災、或農耕將逢豐收或欠收什麼的。

在百介眼中，這些不過是江湖術士的胡謅。尤其是舉過去的事件為例，解釋那年是什麼年因此會發生這種事，或者某人是哪一年出生因此會幹出這種勾當什麼的，雖然有些解釋得鉅細靡遺，但畢竟不過是強詞奪理的事後諸葛。

這類占術全都是唬人的。

不過，百介對這些也並非全盤否定。畢竟十干十二支也是從陰陽五行衍生而來的，因此這種占卜看來也並非毫無根據。

五行之說，將天地萬物分類為金木水火土五種元素。

十干與這五種元素互為兄弟關係，例如丙乃火之兄。

而若將五行之說的金木水火土套用在東南西北中五種方位上，衍生而出的就是十二支。例如午代表南方，南方則為火的方位。

依這算法將丙午與五行相對照，得出的結果便是火與火。

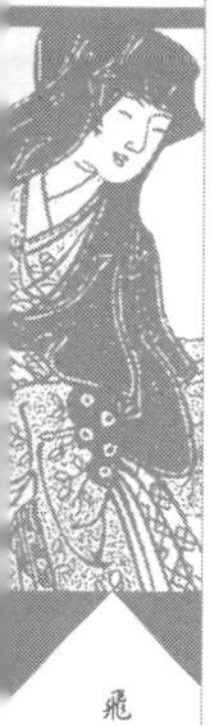

導出的結論就是——火與火相疊的丙午年火災會特別多。不過真正的陰陽五行說並非如此粗淺，而丙午年生的女性會把男人吃了的推論，更是個荒誕不經的迷信。

因為這推論的依據，只不過是兩者同音。

「丙午」音同「火馬」（註26）——馬遇火則狂，馬狂則噬人。大家便依此推論，丙午年生的女人個性剛烈，較可能有弒夫之舉。

如此推論，與陰陽五行之說已是風馬牛不相干。

果菜西施阿七（註27）正是為了這理由，才會闖下了天和大火的大禍。相傳——為情所困不惜將八百八町付之一炬的烈女阿七，正是生於丙午之年。

不過，這也同樣是個事後諸葛。

如此附會，未免也牽強過頭了。即使她真為丙午年生，也並非其縱火的理由。

畢竟果菜西施阿七之巷說，最早僅見於歌祭文（註28），後來被改編成浮世草紙（註29），並被歌舞伎和淨琉璃搬上舞台，方才廣為流傳，因此內容多為杜撰。唯一明確的只有阿七出身本鄉某果菜販之家，其他諸如縱火原因或父母姓名悉數不詳，就連阿七的生年都是眾說紛紜。

註26：丙午發音為ひのえうま，ひ與日文的「火」同音，うま則與「馬」同音。

註27：據傳生於一六六八年。曾於避火難時邂逅和尚吉三郎。為與其再續前緣不惜縱火，造成天和三年（一六八三年）災情慘重之大火。結果非但未能再見情郎還當場被捕，於同年死於火刑。故事曾編入井原西鶴的浮世草子《好色五人女》。

註28：江戶時代山僧唱的一種俗曲，乃浪花節之源流。原詞多為經文，在加入三味線伴奏及市井小民故事題材後廣為流傳。

註29：草紙又作「草子」，為江戶時代的小說形式之一，內容多為投庶民百姓所好的故事。

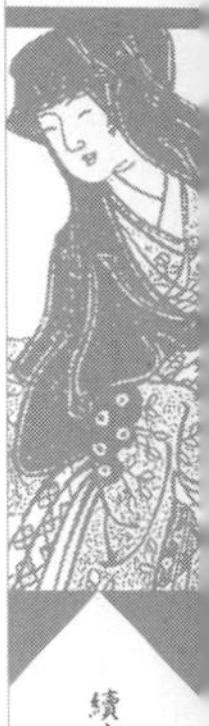

但多數傳說均宣稱阿七乃丙午年年出生。

而這說法也未曾有人質疑過。

想來還真是愚昧。

的確，阿七這姑娘或許是瘋了。但她發瘋和丙午出生毫無關係。強將兩者扯上關係原本就愚蠢，以此推論丙午出生的女人都會索男人的命，豈不更愚昧？

再怎麼本末倒置，也該有個限度。

若因這理由拒絕一門婚事，可就是愚昧至極了。

但據說這類事還真的會發生，通常丙午年生的女人似乎都沒人敢娶。

百介對不可思議的奇聞怪談是熱愛有加，但對這種牽強附會的迷信則是厭惡至極。

這不過是個無聊的迷信罷了，百介這下以更堅定的語氣說道。

所以我不是說這老娘也知道了麼？老闆娘也語氣強硬地回了一句。

「這當然是迷信呀！這種大家都知道的道理，你何必解釋得這麼氣急敗壞的？人的心眼可壞透了，大家分明知道還故意流傳這種說法，為的不過是方便刁難、歧視別人。總之不管怎麼說，白菊生於丙午年是千真萬確的。所以這女人才得平白遭受這些折磨。這可是真的。」

「平白遭受這些折磨——？」

「是呀。」

老闆娘草率地回答，兩眼直盯著百介瞧。

「想必同樣的出身，有人一輩子幸福美滿，卻也有人終生坎坷不幸。其實幸不幸福根本沒多大差別，只要稍稍一個小轉折，吉便能轉為凶。而丙午出生這理由對招來不幸而言，已經是個夠大的轉折了。」

看到百介聽得一頭霧水，老闆娘又語帶斥責地說道：

「好好想想罷，堂堂一個公卿之後，哪可能平白無故淪為歡場女子？這可不是島千歲與和歌前（**註30**）的故事。賣身的就是賣身的，世上壓根兒沒高貴名妓這種事。」

「而這一切——悉數是丙午年生使然？」

也並非全是因為如此，老闆娘扭動著身子說道。

「聽說那女人到處遭逢不幸。唉，雖然每個賣身的多多少少都是如此——」

「但由於她是丙午年生——因此比其他人更不幸？」

「倒也不是比其他人更不幸，畢竟她都生得那麼標緻了。不過總免不了招人吃醋或惹人嫉妒罷。老娘都這把年紀了，有時見到年輕姑娘時還是會嫉妒哩！不過再怎麼嫉妒也只是徒增遺憾，畢竟姿色就是比不上人家。像這種時候，丙午年生這種事可就成了誣陷她的藉口了。」

噢。

這番話果然有道理。

管它是迷信還是什麼的——這對利用者而言一點兒也不重要。即使道理再牽強，只要能拿來當作中傷她的藉口，這說法就管用了。

註30：《平家物語》中《源平盛衰記》裡所出現的兩位平安時代末期名妓，相傳為娼妓擅長表演的「白拍子舞」之創始人。

所以這種迷信還真有存在的必要。

百介的雙頰不由得抽搐了起來，這就是現實。

斥之為迷信或無稽，根本是毫無意義。

看來她之所以要逃離那巨賈身邊，大概也是為了同樣的理由罷，老闆娘漫不經心地說道。

百介只嗅到一陣酒與白粉（註31）交雜的氣味。

【肆】

一個月後，百介帶著平八造訪泉州。

理由是又市捎來的一封信。

泉州邊境有一名曰良順之隱遁僧。

此僧對白菊之過去略知一二。

將於尾張金城屋靜候兩位大駕——

信的內容就這麼簡單。百介的理解是，這下必須去聽聽這位僧侶的說法，再決定該怎麼做。

一如往常，這回還是看不出又市葫蘆裡賣的是什麼藥，但想必是已經做好盤算了。為了將計畫付諸實行，大夥兒得先去找這位隱遁僧談談。總之百介先通知了平八，骨子裡愛湊熱鬧的平八當然是為之大悅，隨即打消了原本遠行至加賀的計畫，答應與百介同行。

京都的民宅大多頗為體面。

此地的街景和江戶簡直有著天壤之別。為了因應地震、火災與洪水，江戶的屋子大都襤褸不堪，只求萬一倒了也不足惜，因此和京都的屋子在結構上有著不小的差異。

再加上此地居民多金者甚眾，因此華麗豪宅也為數不少。

不過，京都還是不乏貧困的區域。

譬如信上所指的場所——也就是這隱遁僧寄宿的草庵，看起來就不像個適合人居的地方。殘破的屋頂上不僅長著雜草，還覆蓋了一層厚厚的青苔。

從裡頭走出來的僧侶也是一副人不像人的模樣。一見到百介，就歪著一副鬍渣子滿布的寒酸臉孔笑著說道：

「施主就是那位——從江戶京橋來的先生罷？」

「是的，小弟名叫……」

貧僧已經聽說了，接著他又說道：

「請別介意這屋子有些破舊——相信施主也看得出來罷。屋內也和屋外沒什麼差別，不過畢竟是我寄宿的草庵，兩位請進罷。」

進了屋內，這下又發現根本無處可坐。榻榻米是又爛又乾，而且想必是常翻面使用的緣故，整張已經是爛得不成形了。不過看到良順毫不在意地坐了下去，百介和平八只好也乖乖就坐。

白菊她——良順說道：

註31：撲在臉與頸子上，使肌膚白皙的粉狀化妝品。

「那已經是——那是貧僧還住在新町橫丁的小巷內時的事，算來也已經有十二年了罷。別看貧僧這副德行，從前也曾經是個武士，只是有天想不開才剃度出家罷了。不過貧僧做什麼都無法持之以恆，後來對修行也感到厭倦，才遠離塵世到此隱遁的。噢，貧僧的事也沒什麼好說的，不過即使如此，還是不時有人上門請託。白菊也是其中之一。」

「她可是來請師父指點迷津的？」

「是呀。她還真是個如花似玉的姑娘呀，連貧僧都看得目瞪口呆的。直為自己剃度出家感到不值哪。」

「噢。」

百介與平八不由得面面相覷。

良順則是咯咯笑著繼續說道：

「白菊她自幼勤習舞蹈、三弦（註32），不過當時就連百姓家的姑娘也可能被召到公卿貴人家服侍，因此大都得學點茶道、花道什麼的，以圖在日後攀龍附鳳。這貧僧也是聽人說的，據說白菊不論學什麼都要比人家出色。聽說當時還有另一個名曰龍田的姑娘，姿色和白菊也不相上下，但不知是什麼緣故，白菊硬是比她搶眼些。大家都說畢竟兩人出身不同，白菊可是堀川某貴人的私生女哩。不過貧僧覺得重點並非出身，而是白菊本身就是天賦異稟——出身良好加上容貌出眾，讓白菊在十四歲那年，就比其他姑娘早一步被選進了西國某大名家幫傭。」

良順一臉陶醉地繼續說道：

「一個姑娘若生得太標緻，可是會得到報應的。裡頭的工作白菊很快就上手了，但正因如

此，她在裡頭起了些糾紛，沒多久便遭人冷落，落得被送回家裡的下場。」

「工作上手——不是該讓主公對她一見鍾情麼？怎會落得被送回家裡？」

招人嫉妒呀，良順簡單地回答道。

「若她只是個普普通通的姑娘，應該不會出什麼事才對。但白菊實在是太鶴立雞群了。她的美貌讓不知是家中女傭還是正妻側室倍感威脅，擔心主公見到她後可能要真心動情——」

原來是她的美貌招惹了旁人嫉妒的緣故。

「因此白菊受人刁難，最後就被攆了出去。」

「被刁難的——」

可是她乃丙午出生一事？百介問道。

「可以這麼說，有天那兒失火了。」

「失火——？」

又是失火。

「是的，宅邸裡起火了。妒火中燒是無所謂，但若真的燒起火來可就不妙了。不過貧僧也不知道火燒到什麼程度就是了。總而言之，這場火就這麼被歸罪於這姑娘命中帶火使然。」

「她就因這說法慘遭放逐？」

「是的。只是沒想到她一返家——又碰上了火災……」

註32：三味線之別稱。

白菊才一返家，家裡竟又慘遭祝融，良順說道。

這場火不僅燒掉了她的家產，也惹來不少閒言閒語。大家都指責丙午出生的她會奪走男人性命，還會引來大火，並因此將她逐出了京都。她就這麼流落到大坂，並淪為歡場女子。

「新町這地方就好比江戶的吉原，因此大坂人口中的『裡頭』指的就是新町。當年白菊在那兒可風光了。畢竟那時候她才十七歲，人又生得如花似玉的——」

據說不少尋芳客紛紛拜倒在她的石榴裙下。不出半年，白菊就成了恩客最多的活招牌了。

而且——

其中有一位常客。

「他是個大商家的少爺。不分晝夜都上門光顧。所謂日久生情，當年還少不更事的白菊就這麼和他卿卿我我了起來。這下兩人連一天不見面都捱不住，誓言在天願做比翼鳥，在地願為連理枝，相偕期盼今生今世此情不渝。只可惜……」

那男人後來變了心——這僧侶說道。

據說事前毫無預警。

是真的變了心，抑或是……

「會不會他一開始就只打算逢場作戲？」

「若僅是如此事情就好辦了。就連隻笨驢子也看得出一個恩客是否真動了情罷，這位少爺可是真心的。不過男人本就愚蠢薄情，被這種男人吸引的女人或許要來得更蠢也說不定。然而為了些小事兒拋棄女人，可就不算個稱職的好情郎了。」

「小事兒？」

「是呀。不過是件雞毛蒜皮的小事。這種事情對在花街柳巷裡討飯吃的人來說，根本不足掛齒。」

知道是什麼事了罷？良順以食指指著百介問道。但百介心裡完全沒個底。

「其實，不過是有人為那位少爺安排了婚事。」

「婚事——？」

算得上是個良緣罷，這和尚說道：

「這位少爺家做的是木材生意，女方據說也是京都某木材行的千金。對生意人而言，兩人的確是天作之合，再加上女方還是個比起白菊毫不遜色的美女。這下少爺可猶豫了，換作是貧僧，恐怕也要猶豫罷。這下他只得把兩個對象在天秤上比了比，好決定該如何收拾這局面。」

兩人的關係也就這麼告吹？

這下情況可就糟了，良順說道。

「怎麼個糟法——？」

「到頭來又發生了同樣的事兒。」

「同樣的事兒——難道又是祝融之災？」

一點兒也沒錯，這和尚瞇起雙眼回道：

「白菊的周遭又接二連三地起了幾場火。」

和在吉原時一樣。

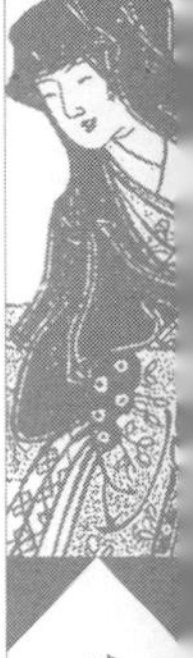

百介再度望向平八。

大家又推稱——這同樣和她生於丙午有關？

「是呀。又是丙午，說來真是過分。提到丙午出生的女人，大家都會想到燒死殷商紂王的妲己、或導致幽王荒淫無道而痛失江山的褒姒等壞傢伙，但這和生年干支根本無關。這種蠱惑人心的惡女根本就是天魔波旬（註33）之流，因此這類女人被稱為飛緣魔，飛天的飛，緣分的緣，本出自佛教教義，與五行之說的丙午生年完全無關。」

「飛緣魔——？」

百介向前探出身子，並攤開了記事簿。

「是的，意為天外飛來之魔緣，也就是礙人悟道之邪惡妖魔。妖魔雖無分男女，但世人又傳飛緣魔即緣障女，曾幾何時這種妖魔就被人認定為女的了。」

「意思是——女人能礙人悟道？」

「正是如此。釋迦悟道前不也曾有魔羅化身女人試圖阻撓？此乃煩惱魔羅，意即魔羅乃煩惱之主。貧僧認為這乃因釋迦是個男人，若是個女人，想必妖魔便會化為男人施以誘惑罷。不過，貧僧寄身修行的寺廟內的僧侶，說的可就狠毒了。他們認為——女人搽上紅白粉稱為化妝，意即妖魔幻化之妝（註34）。逢女人色誘時欣賞其優美在所難免，但過度沉溺其中，必將無法自拔。由於女人心術皆不正，若心為其所奪，哪怕是坐擁大好江山，到頭來都得賠上。」

這說法夠狠毒罷？只見這和尚舔著毫無血色的雙唇說道。

「美女的確誘人。唉，俗云佛渡眾生，但對女人還真是刻薄哪。佛教認為女人本不潔，因此修行中嚴禁女色。貧僧對此頗不以為然。」

對女人，貧僧可是很尊重的，良順張著沒剩幾顆牙的嘴說道。

「不過，女子其實亦有形形色色。俗話說：『女人地獄使，能斷佛種子，外表似菩薩，內心如夜叉』，此話有時可是當真的。」

這句話的含意是？平八向百介問道。

「意指女人——即使外貌祥和如菩薩，骨子裡卻駭人如鬼魅——記得此乃《華嚴經》中之一節。」

不對不對——良順說道：

「意思是說對了，但《華嚴經》裡並沒有這麼一句。也有人說這段話出自《寶物經》，但裡頭同樣找不著。總之這並非佛經裡的句子，不過是哪個人的創作罷了。」

百介不過是聽信俗說，對這句話的出處可就不清楚了。

總而言之，這年邁的僧侶笑著說道：

「即使此言為後人所創，畢竟是有點兒道理。若要追本溯源，佛經不也是人為創作？總之，有些女人的確害人不淺，但並非所有女子均為下流卑鄙之徒。」

註33：梵文Papiyas或Papman，又作魔羅或常波旬，佛教經典中提及的六欲天魔王，性喜奪取或除人性命、善根，並妨礙善事、破壞正教。

註34：此乃同字雙關語，日文妖魔變形作「化ける」。

「此言有理——那麼……」

能否繼續白菊的話題？

對了對了，良順拍拍膝蓋說道：

「由此可見，飛緣魔之原意，與女人或生年干支並無關係，和火亦是毫不相干。不過是飛緣魔音同火閻魔，因此才被附會為火閻魔，亦即火焰地獄之閻魔罷了。因此白菊不僅與此妖魔毫無關係，指其招來祝融更純屬牽強附會。」

此言有理——百介含糊應道，並在記事簿上記下了良順這番話。

只因這是個和百介所知的丙午迷信頗有出入的解釋。

雖然兩種解釋同樣是無稽之談。

飛緣魔——還真是個不可思議的字眼呀！

百介闔上了記事簿。

「因此這無稽之談，就這麼毀了白菊的命運？」

是呀，雖然命運這字眼聽來刺耳。良順露出一臉怪異表情繼續說道：

「但情況還真是如此。明明是毫無根據，只因白菊生於丙午，眾人便指其為火女，男子與其結縭必將早逝，並因此指稱她為祝融元兇。」

欲加之罪，何患之有。

所以這女人才得平白遭受這些折磨——那老闆娘曾如此說過。

看來這果然屬實。

「唉，尋花問柳原本就得有點兒膽，這下起了這種毫無根據的流言，可不能放任這位少爺繼續和這麼個棘手的女人牽扯下去，因此爹娘親戚全都嚴禁他再去光顧，硬生生將這位少爺和白菊給拆散了——表面上情況就是如此。」

聽他這語氣，背後其實另有隱情。

「但實際情況並非如此？」

是可以這麼說，這花和尚語帶保留地回答。

「即使如此，白菊依然堅定不移。不論周遭以什麼樣的眼光看她，對那位少爺依舊是深信不疑。她捎了幾封陳述熱切思念的信給他，但每封都是拆也沒拆就給退了回來。這教白菊既困惑又煩惱，於是便剪下頭髮、切下指頭，寄給了那位少爺。」

「切下指頭？」

先生沒聽說麼——良順皺起額頭問道。

接著又豎起小指湊向百介面前。

「她當、當真切下了自己的指頭？」

「是呀，切指頭可不是鬧著玩的呢。為了讓朝思慕想的對象知道自己的心意，歡場女子有剪髮切指寄給對方的風習。這意思是身子雖然任人碰，但心可是只屬意這位恩客的，只為證明自己的誠意。」

原來有些證明手段是如此激烈。

不過——卻不見坐在百介身旁的平八顯露一絲驚訝。看來這在花街柳巷大概是稀鬆平常罷。

百介不由得感到一陣毛骨悚然。

「只是即使如此，那位少爺還是沒回頭。謠言就這麼與日俱增，有天白菊就哭著找上貧僧這兒來了。見到她實在教人同情，因此除了略事指點，對情況也做了一番調查。這下——」

這和尚蹙起稀疏的雙眉繼續說道：

「這下發現真相可誇張了。稍事探究，竟發現一切都是那位少爺搞的鬼。」

「搞鬼——可是指火是他放的？」

「是呀。」

「為何還要這麼做？」

「真正原因貧僧也不清楚。不過，看來他應該是想和白菊徹底斷了關係罷。」

「即使如此，也沒必要縱火罷？」

這就是重點了——這和尚再度以枯枝般的指頭敲著膝蓋說道：

「那位少爺是個沒什麼擔當的男人，有人提親教他動搖、或在冰肌玉膚的歡場女子和大戶千金之間猶豫不決都不難理解，不過這種事哪有什麼好煩心的？白菊不過是個歡場女子，即使答應了這門婚事，偶爾出來逢場作戲根本無妨。但他竟連這點肚量都沒有，完全無法做個決斷，這不是沒擔當是什麼？」

「也就是說，他既想成這門親，對白菊的冰肌玉膚卻也無法忘懷？」

平八一臉世故地插嘴問道：

「這位少爺就是這麼放不下，沒辦法自己做個了斷，只得動點兒手腳，製造些逼得白菊非得

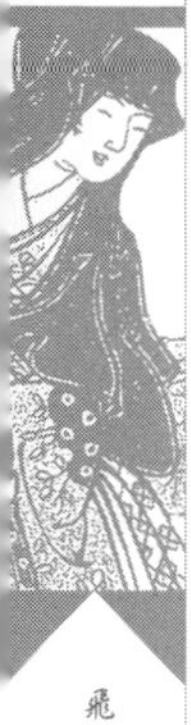

和自己分開不可的藉口，是罷？」

這和尚並沒有回答，只在原本就皺巴巴的臉上擠出了更多的皺紋。

真是沒人性呀，平八嘆了口氣繼續說道：

「只要放幾把火，將丙午之說的流言散播出去，哪個親人就會出面阻止，硬逼他和白菊分開，甚至白菊自己都可能因此抽身——他打的可能就是這種算盤罷。不，想必是八九不離十。」

若真是如此——竟然還真有這麼窩囊的男人。

百介訝異地說道。

良順咯咯笑著說道：

「或許他真有如此打算。不過換成是兩位，雖然或許不至於縱火，想必也會慌慌張張地找個理由為自己開脫罷。」

這下百介可就無言以對了。

換作是貧僧也會這麼做罷，這和尚說道。

「下決心永遠是最困難的，不如讓他人為自己做決定要來得輕鬆，而且可選的路少了，挑起來也容易得多。不過，這位少爺——記得他名叫清八，心眼兒可就真是壞透了。」

「光拿幾場火——當作分開的理由還不夠？」

「是呀。倘若為了難分難捨而放了幾次火，並就此和她一刀兩斷也就算了。噢，雖然對平白蒙冤的白菊來說並不公平，但這件事至少還能就此打住，不過是走了個挑她毛病的傻男人罷了。但清八這傢伙還走得一點兒也不乾脆。」

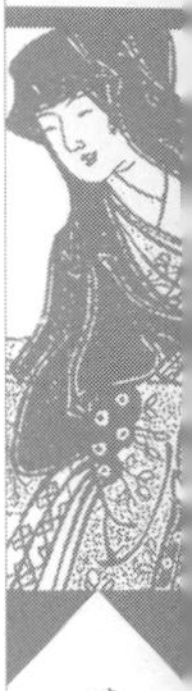

「他還幹了什麼事?」

「趁這機會和白菊分開也就算了，事後卻還不想讓白菊給其他男人碰。因此他一再縱火，意圖讓白菊在裡頭待不下去。真是個胡作非為的混帳東西。」

「這——」

「先生說這過不過分?這男人實在是太窩囊了。佛家說人世間一切都是公平的，女人若是誘惑男人發狂的妖魔，男人就是吞噬女人的惡鬼畜生。即使是娼妓流鶯之輩終究也是女人，哪容得下一己純情遭人蹂躪踐踏——」

良順握拳捶膝說道。

這下百介開始回想。

老闆娘曾說過，白菊一路蒙受不白之冤，飽嚐遭人出賣排擠之苦，最後在顛沛流離之際邂逅了亨右衛門。這下看來她之所以無法坦然接受這份情，或許也是情有可原的。看來她之所以於婚宴當日遁逃，並非嫌惡亨右衛門之故。

理由是——她再也無法相信……

任何男人的心意。

「唉，不過即使真相大白，流言依舊是陰魂不散。白菊被說成了千夫所指的妖魔，最後終於被攆出了新町。」

「因此她才——」

流落到了尾張罷。

不過呀先生，人萬萬不可為惡呀！這老僧不住點頭，接著又一臉古怪表情地說道：

「不出多久，清八就死了。」

「他死了？」

「是呀，而且還是死在婚宴上呢！」

「死在婚宴上？」

「沒錯。婚宴進行到一半時，現場竟然真的起火了。雖不知是否為人為縱火，但火勢是一發不可收拾，加上又來了許多賓客，這下事情鬧得可大了。不僅店面、宅邸均遭焚毀，還燒掉了好幾條人命。清八和他的新妻——也雙雙被燒成焦黑呢！」

「又是失火？」

婚宴途中起了大火，這——難道是個巧合？老僧聽了只是直搖頭。

「貧僧認為，那火大概是白菊的怨恨化成的罷。不，說老實話，貧僧甚至還懷疑那火就是白菊放的。想必白菊也不想活下去了罷。不過，看來她不是還活得好好的？」

看來人過得再苦，還是得活下去才成呀——老僧說完後便開懷大笑了起來。

【伍】

金城屋的財產規模遠遠超過百介的想像。這兒的老闆榮吉雖然尚未正式繼承——和平八似乎交情甚篤，見到他們這兩個扮相古怪的不速之客，依然毫無疑慮地熱情招待兩人進門。

被領到看不出究竟有幾疊大的寬敞廣間（註35）時，百介緊張得無法自己。

雖然自己在江戶待的也是一家不算小的名店。

但百介居住的小屋就連十疊都不到。

規模差距過大，教人無從比較。

因此，此處教他感到坐立難安。

但平八似乎很習慣這兒的氣氛，從方才起便滔滔不絕地向他解釋從緣側望見的庭園景致，只是百介緊張得完全沒聽進去，全都是左耳進右耳出。

雖只稍稍瞄了幾眼，但這的確是個美麗的庭園。

加上今兒個陽光普照，因此拉門也是悉數敞開。

「百介先生，你瞧——那就是大老闆閉關其內的寶殿。」

平八手指著說道。

在沿庭園邊緣栽植的壯麗松林後方，果真有一棟碩大的建築物。

「如何？果真壯觀罷？這別館可是要比這一帶的武家宅邸還大得多呢！那就是為白菊所建的寶殿。蓋這種大屋子，真不知道需要耗費多少銀兩呢！這可是有點兒錢的人才有資格享受，但大到這程度，也實在是太誇張了。」

「噢——」

看在百介眼裡，這一切都是那麼的缺乏真實感。就連這兒的座布團（註36），都讓他驚覺自己好久沒坐在這種東西上頭過了，而且質料也是上上之選。

他定睛打量起這棟寶殿。

的確是一棟碩大無比的建築。

而且看來還極盡豪華之能事。整棟屋子是檜木造的，就連屋頂鋪的都是檜木皮。能讓如此巨賈拜倒在石榴裙下到這種地步，看來白菊這女人想必是不簡單。平八以感情充沛的語氣說道：

「唉，雖然她的境遇聽來頗值得同情，但想必一定是不好惹。倒是先生……」

平八將整個身子湊向百介。

看來他在這裡也不是那麼的自在。

「把那位娼館老闆娘，和上回那個花和尚所敘述的內容稍作對照，白菊的過去大致上就清楚了。但大家對她的現況卻仍是一無所知，對罷？」

「的確是一無所知。」

真不知那位小股潛會如何解決這件事呢？平八雙手抱胸地說道：

「難不成——會把白菊本人給帶來？」

「這就不知道了。」

百介完全無法猜透又市腦子裡都打些什麼樣的主意。只是——

有件事教百介十分在意。雖然完全無法預測這個御行會在什麼時候、以什麼樣的方式現身，

註35：日式建築中寬敞的房間，同「座敷」。

註36：跪坐時使用的座墊。

但這件事非得趕在又市到場以前決定不可——百介心想。

在端來的茶已完全冷卻時，亨右衛門的兒子也進來了。原本以為他會在一群隨從簇擁下出現，未料榮吉竟然是隻身到場。

這下百介更是坐立難安了。

承蒙兩位不辭辛勞遠道而來——榮吉深深低頭致意道。

他這人最怕這種禮數，平八說道：

「這位先生立志成為劇作家，對各類奇文軼事不僅十分入迷，亦知之甚詳。既然他不習慣講這些禮數，榮吉就請起罷。」

榮吉——想不到平八竟喊他喊得如此熟絡。

好罷，平八先生，榮吉迅速地抬起頭來說道。

「百介先生就無須多禮了，榮吉和我已經有二十來年的朋友交情了。打從他赴江戶奉公修業（註37）那陣子起，咱們倆就是豬朋狗友了。」

平八一臉得意地笑著說道。

「這傢伙如今雖已貴為大商家老闆，但咱們剛結識時，還不過是個乳臭未乾的小夥子呢！」

平八先生當年不也是個一臉鼻涕的小鬼？榮吉也開懷大笑著說道，氣氛頓時就這麼活絡了起來。平八這傢伙擅長安撫他人情緒，是個深諳奉承之道的馬屁精。

「家父他——」

這下榮吉開始切入正題：

「打從那棟白菊寶殿落成以來，至今已將自己關在裡頭整整一年有餘，就連一步都沒離開過。如今是滴酒不沾，送進去的伙食也都只吃個一半，在下已經很久沒見著他了。即使欲入內探訪，也只能進候客房——家父都這麼稱呼裡頭這間房，其他房間悉數嚴禁他人進入。」

「那麼，他都是如何入浴什麼的？」

「噢，似乎都自己燒洗澡水。」

這聽來並不尋常，不過看來他倒也沒活得像個廢人。

「館內已備妥豪華的傢具和寢具，生活上理應無任何不便，因此這方面在下並不擔心，放任家父閉關其中是沒什麼關係——」

但這麼下去畢竟不妥？

的確不妥，榮吉回答道：

「有些親戚表示不如就當家父已死，自己也幾乎要死了這條心。不過在下畢竟不忍放任家父就這麼在這棟怪異的寶殿中凋零，尤其不忍於事後聽聞他人傳言其因瘋狂墮入地獄、為女癡狂而死於非命。並非在下自吹自擂，家父金城屋亨右衛門的確曾是個了不起的人物。身為一介商人，在下對家父當然是崇敬有加。因此——」

榮吉眺望著寶殿繼續說道：

「每當看到那棟寶殿，總是教在下倍感心酸。雖然不知情者會讚美其氣派宏偉，但對知情者

註37：意指拜師當學徒習藝。

而言，它不過是個大笑柄。」

龐大——無用。

同時也是毫無目的的無謂浪費。

「在下並非心疼花掉了多少銀兩，畢竟家產全是家父掙來的，要如何花用，他當然有權決定。即使家父欲將其揮霍殆盡，在下也無話可說。只是，在下實在不認為這是符合家父真意的花錢方式。」

真不知這棟屋子到底花費了多少銀兩？

到底是什麼緣故，教亨右衛門做出這種事來？

「打從她，也就是白菊小姐行蹤不明後，家父有陣子曾日日買醉，終日臥床不起——到這地步尚且不難理解。雖說是一段有失顏面的遲暮之戀，但目睹家父對她癡情至此，還是教人倍感同情。後來歷經數年歲月，家父才終於逐漸恢復正常，但就在此時——」

有人向他通報自己見到白菊。

「打從那時候起，家父的行為舉止就超乎在下等人所能理解了。」

總不能把錯推給那位信守忠義、據實稟報的夥計罷——榮吉有氣無力地笑著說道。

看來他果然是個親切認真的好人。

「可否容小弟冒昧——」

百介慎選措詞，戰戰兢兢地問道：

「——請教兩、三件事？」

請直說無妨——榮吉回道。

「請問少爺是否曾見過白菊小姐本人？」

「是曾見過幾次，一次是在為掌櫃夥計們所行的婚禮時，另一次則是與其對飲結為母子之交杯酒時。」

「可曾與其交談過？」

「當然。記得她說得一口優雅的京都腔，舉止亦是溫柔婉約，的確是位氣質高雅的女性。」

「完全不讓人產生任何不好的印象？」

可說是完全沒有——榮吉語帶詫異地回答道。

「雖說她成了自己的後母，但畢竟要比在下來得年輕許多。雖不知在下是否真懂得閱人，但她看來的確是美麗大方，絲毫不像個惡人。」

「不過，據說少爺也曾反對過白菊嫁入家門？」

「不，在下也曾向平八先生提及，家父是個剛正不阿的木頭人，對女色可謂一無所知，身為其子的在下亦如是——因此對其心態頗能理解。在下不過向家父諫言，其他事尚且無妨，但此事攸關敝店與全體掌櫃、夥計之未來，絕非一時衝動所能決定。家父則表示自己既無半點猶豫，也誓言絕不後悔，因此在下也不再有任何異議。」

看來情況和百介聽說的無異。

「那麼——少爺可知道白菊小姐是什麼出身？」

「這個在下完全不清楚。」

榮吉表情略微黯淡了下來。

「家父表示這事萬萬不可過問，在下也認為人品與出身無關。」

「因此未曾探究？」

「但其實也是心中有數。若為正常人家出身，理應無必要隱瞞。既然不可過問，想必其中必有不欲人知之隱情——」

「噢。」

百介猶豫是否該告知白菊曾為歡場女子一事。

「家父乃白手起家，原本出身雖卑微，也憑一己努力爭取到今天的榮華富貴。家父為人如此，看上的人即使曾為奴婢之流，在下也不會有任何訝異或反對，店內所有掌櫃夥計亦如是。」

據傳她曾為歡場女子——百介低聲說道：

「而且，小弟亦判明其曾於大坂新町之花街柳巷操業。雖曾貴為堀川某貴人之後，但由於遭逢種種不幸，終至淪落花街下海賣身。」

「是麼？」

榮吉的視線低垂了下來。

「若是如此，在下終於看出點頭緒了。當年——新任御船手樣（註38）走馬上任，要求商家設宴款待，說明白點兒就是強迫大家請喝花酒罷。從此家父便開始流連聲色場所。想必，就是在那兒結識她的。」

原來他尋芳並非出於己願。

果真是個剛正不阿的正派之士。

或許他對白菊的情愫並非源自酒池肉林中的邂逅，而是從同情對方的不幸境遇開始的。

「那麼，請問這兒的——也就是金城屋中的掌櫃夥計們，對白菊乃丙午出生一事是否也一無所知？」

丙午出生——榮吉驚呼道：

「她生於丙午年？」

看來他們真的不知道。

「是的，這生年也為她帶來了諸多不幸。在白菊小姐身上所發生的大小災禍，似乎悉數肇因於這毫無根據的迷信。」

這在下可是毫不知情——榮吉說道。

「噢，應該說若事前知情，在下和店內夥計們想必也全都會把這迷信當真罷——不過此事家父理應知情才是。」

是麼——百介陷入一陣沉思。

「那麼，請問府上是否曾起過原因不明的火？」

「這——」

榮吉屏息沉思了一剎那，旋即在驚呼一聲後回答：

註38：戰時為幕府的水軍，平時責負責管理幕府專用船隻之官員。

「噢，當時的確曾起過好幾次原因不明的火。」

「果然發生過？」

「是的。倉庫和土牆都燒了好幾回，幸好災情並不慘重——不過先生還真清楚呢，這件事連在下自個兒都忘了。」

果真起了火。

「其實——」

百介簡短地向他敘述了白菊的生平。

「原來白菊小姐當初就是被人以引火為由逐出故鄉的？」

「正是如此，想來這些人手段還真是卑劣。白菊小姐就這麼輾轉從京都大坂流落到尾張，最後還到了江戶——」

吉原大火之後，不知白菊如今身在何處？

「唉，只因為生於丙午，讓她到哪兒去都飽受打擊。因此當年逃離貴府，會不會——也和這有關？」

應該不至於罷。若這兒的人不知情，哪可能設局嫁禍於她？

由此推測，白菊在這兒似乎未曾因丙午的迷信而遭受迫害。雖然還是起了火災，但並未有任何人認為這幾場火和白菊有關，應可證明白菊在此地「並未」被抹黑成命中帶火的魔女。如此看來，會不會是亨右衛門的體貼和真心教她難以相信？想到她先前揮之不去的種種不幸——

這還真是個天大的悲哀。

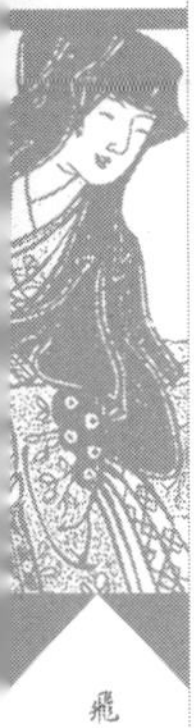

不對——

「可否再冒昧請教一件事？」

百介端正坐姿問道。

這件事非確認仔細不可。

「白菊小姐的左手——是否少了根小指？」

「這——」

榮吉臉上頓時露出了彷彿有根刺卡在喉嚨裡的表情。

切指證真情。

歡場女子的風習。

「白菊小姐左手小指——是否已被切除？」

百介再度問道。

「她的指頭『並沒有』短少。」

榮吉回答。

平八一聽，兩眼頓時睜得斗大。

「怎……怎麼可能？」

百介雙手環抱胸前，望向榻榻米的邊緣。

「百介先生，這又是怎麼一回事？」

「若良順先生所言屬實，白菊小姐理應少了根小指頭。不過……」

「不過什麼？百介先生。」

「娼館老闆娘也沒提過切指一事。雖然或許是刻意避免觸及——不過如今回想起她說話時的神態，沒提起這件事還真是有點兒古怪。」

「如此說來——」

「這個——」

這個女人。

「『這個女人究竟是誰』？」

鈴。

此時——

一陣鈴聲隨風傳來。

在座三人悉數轉頭望向庭園。

只見水池邊緣站著一個白衣男子。

「又、又市先生。」

「噢？」

平八伸長了脖子望去。

榮吉先是一臉驚訝，但很快便惶恐地問道：

「你、你是打哪兒鑽進這裡來的？前頭應該有——」

「如大爺所見，小的一身貧賤裝扮，若打正門而入，恐有辱貴商家門面。因此才冒昧從庭園

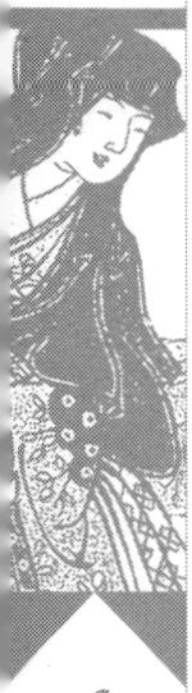

闖入——」

話畢又市便屈膝跪下，並行了個禮。

「小的名曰又市，靠拋撒趨吉辟凶之符為業。」

「您就是又市先生——」

平八聽到這名字，一臉驚訝地望向百介好幾回。

「各位要小的找的人——已經找到了。」

又市說道。

噢，榮吉聞言，旋即走向緣側。

「那麼，白菊小姐她——人在何處？」

「噢。」

又市緩緩抬起頭來回答：

「遺憾之至——她早已不在人世。」

「先生的意思是——她人已經死、死了？」

「她可是葬身吉原那場火災中？」

百介問道。不是，又市回答。

「那麼——」

「先生也知道她是什麼時候死的。」

又市定睛凝視著百介回答。

「小……小弟怎麼可能知道？」

怎麼了怎麼了？平八也湊過來問道：

「百介先生可知道些什麼？」

「這——」

哪可能。

小弟哪可能知道些什麼？難道是——

「是的，正是如此。」

又市說道：

「白菊在十二年前，於大坂的木材大盤商橡屋第三代少爺清八的婚宴當日，滿懷悲憤含恨縱火，自己也連同許多人葬身火窟。」

「什麼！」

榮吉打著哆嗦喊道：

「絕、絕無可能，不可能有這種事。」

「事實正是如此。」

話及至此，又市便閉上了嘴。榮吉也隨之沉默了下來。

「白菊小姐早已於十二年前亡故。當年橡屋的清八背叛其純情、踐踏其真心，到頭來還為逞一己之快而散播謠言、惡意中傷，逼得她飽受屈辱，最後被迫離開當地。深受傷害的白菊因此懷恨在心，方於清八婚宴當晚前去縱火。」

「縱火——」

「是的。自己的人生屢為火所苦，逼得白菊決心以其為尋仇手段，最後也自焚於其中，結束了自己坎坷不幸的一生。」

「噢，可是……」

「可有什麼問題？」

「這已經是十二年前的事了。」

「是的，因此後來那位——」

「那麼，原本要和家、家父完婚的那位——？」

那位女人又是誰？

「那女人——乃飛緣魔是也。」

「飛、飛緣魔——？」

榮吉一聽，整個人倒坐在地上。

飛緣魔——

百介不由得站了起來。

「什、什麼是飛、飛緣魔？」

「飛緣魔乃礙人悟道之邪惡妖魔是也。十年前造訪貴府的女人非人，亦非此俗世之物——而是個意圖侵蝕貴府老大爺慈悲心腸的駭人妖孽。」

「非、非人？」

「是的。若其為人，哪管生得再怎麼如花似玉、楚楚動人，也絕不可能導致男人為其癡狂至此。此人之國色天香與絕倫美貌，絕非俗世所能生成。因此即使老大爺為人如此正派傑出，深諳處世之道——」

又市朝背後的寶殿望了一眼後繼續說道：

「仍難免為其癡醉成狂、經年不癒。除非妖魔蠱惑，否則絕無可能嚴重至此。」

這——聽來似乎有理，榮吉軟弱無力地望向百介。又市繼續說道：

「唐土曾傳——有軀體雖已他界，惡念淫慾卻依然陰魂不散者，其殘留人間之魂魄專與生者媾和。與此死人淫者，精氣將為其所吸收殆盡，終將殞命身亡。尚在人世之男女間有道無法超越之障壁，但妖魔則無此限制。因此，一旦為其所纏，將永難擺脫。」

漢書中的確不乏此類記述。

不過……

「不、不過，又市先生——白菊小姐在離開這兒之後，亦曾於他處現身。這該如何解釋？」

「一切——均為該妖魔所化。」

「難道曾受娼館老闆娘接濟的白菊、曾於吉原田圃賣身的白菊——均為該妖魔化身？接客的其實是個幽……幽魂？」

「正是如此。曾造訪此處的、曾於吉原賣身的，不都同樣教男人為之傾狂，招來祝融，最後又消失得無影無蹤？以上種種，絕非人力所能為。」

還真有這種事——

「白菊小姐生前受盡毫無良心的男人們萬般侮辱，斥其為帶火瘟神而拒之，因此怨恨累積至深。死後隨地獄業火，化為礙人悟道之魔緣徘徊於人世間。可憐貴府老大爺心地如此善良——」

鈴。

「方才讓此哀怨魔緣乘虛而入。」

「魔緣……」

原來如此——榮吉向前探出的雙手當場僵住了。

「原、原來她——並非現世生者。」

「此女之所以於十年前自貴府出走，理由僅有一個。即貴府老大爺信心篤實、掌櫃夥計皆勤奮不懈，更重要者乃貴府家運之強勁堅實。只是——」

「只是如何？」

「只是，孽緣著實難斷。貴府店家的夥計稟報於江戶巧遇白菊——代表經過十年，金城屋之運勢將再度臨危。切記，妖魔總是隨節氣變化現身。」

「再度臨危——意指這飛緣魔意圖再度危害金城屋與家父亨右衛門？」

「正是如此。」

又市站起身來。

而且——他仰頭望天說道：

「今宵適逢滿月，為妖魔跳樑之夜——亦為已斷舊緣重牽之時。」

「今、今晚？」

「還請各位務必謹慎為要。」

「究、究竟該如何因應——？」

榮吉草鞋也沒套上，便連滾帶爬地奔向又市身旁拉著他問道：

「會、會發生什麼事？」

「災禍——」

「什麼樣的災禍？」

「南方將起亂氣，貴府中充滿一股火難之相。」

「火難——意即將鬧火災？」

「而且，令人望而生畏之縊鬼將於貴府周遭凝聚。」

「何謂縊鬼——？」

「乃誘人步上污穢死路之惡鬼是也。」

「父——父親大人。」

父親大人！榮吉高聲喊道。

「御行先生，如今大禍將至，若能辟除此將臨之災禍，即使得犧牲一己性命，在下亦不足為惜。但敝店亦有大群掌櫃夥計，個個都有家眷親屬。敝店萬萬不可起火，倘若此處毀於祝融——近鄰一帶，不，甚至御城下（註39）亦恐在劫難逃。再者，若情況真將如此，家父畢竟為在下至親，絕不可坐視家父就此喪命。在此懇求御行先生——」

又市伸手探進掛在脖子上的偈箱中，取出幾枚符咒說道：

「此符乃專用於辟除荒神（註40）之護符。請將此符張貼於寶殿周圍各建築之門上。火氣——必將由該處降臨。」

又市再度指向寶殿說道：

「該寶殿——乃特地為召喚妖魔而建。」

「噢——」

這棟寶殿的確是為了迎接白菊入住而建造的。

榮吉收下護符，並將之緊握手中。

「只要依先生指示照辦，便能免除此劫難？」

又市先是端詳了榮吉的表情半晌，接著才回答——無法完全免除。

「無法——完全免除？」

「這僅能免除火難，效力頂多避免殃及他人。為防萬一，還是應做好滅火準備。再者……」

又市又從偈箱中取出另一種符咒。

這次的符咒，百介也頗為熟悉。

榮吉抬頭望去。

「此乃可封百邪、焚妖魔之陀羅尼符。請將此符——張貼於該寶殿之出入口。如此一來，火

註39：指將軍或大名居所城牆外之轄下領地。

註40：日本民間信仰之土地神。定義雖因區域而有不同，但多半被視為火神或瘟神。

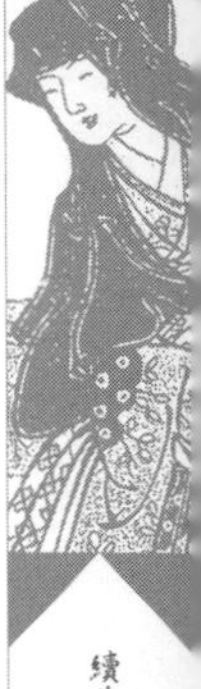

氣將被封於該寶殿中，不至於『殃及其外』。」

「但如此一來，家父他……」

家父豈不將殞命其中？

「家父完全不肯跨出寶殿半步。若貼上此符——家父豈不是註定要命喪火窟！」

少爺所言甚是，但老大爺的陽壽早已如風中殘燭，又市冷酷地回答道。

「白菊小姐——不，這飛緣魔怨念至深，準備僅至此程度尚不足以驅除。」

「難道完全無計可施？」

「法子倒也不是沒有。」

「請問該如何驅除此妖魔？」

若可憑銀兩解決，在下將不惜斥資防範，不，不論得做任何犧牲，在下都心甘情願付出，榮吉慷慨激昂地說道：

「說來慚愧，在下深感自己處世尚有欠成熟，倘若失去家父亨右衛門，店家必將無以為繼。往年仰慕家父者甚眾，若任其如此死於非命，亦恐晚節不保。在下還寧願……」

在下還寧願以一己性命換取家父餘生，以圖造福世間，榮吉繼續說道：

「因此還請御行先生——」

「少爺心意小的完全理解，可惜小的區區一介乞食行者，並無任何驅魔法力。如今大難將至，已來不及央請高僧襄助。唯一可採取之手段，僅剩喚醒老大爺自身之佛性一途。」

「喚醒家父自身之——佛性？」

「是的。佛家常言，一切眾生悉有佛性，看來貴府老大爺運勢尚屬堅實，若能喚醒潛藏其身之佛性，或許能夠斷此魔緣。故此，應先行將此事告知老大爺。」

「這種說法——在下不認為家父願意採信。」

「不信亦無妨，只要能同老大爺說到話，詳細轉述小的方才所言便可。接下來……」

「接下來應如何？」

接下來也僅能祈神庇佑了，又市說道。

鈴，語畢又搖了一聲鈴。

【陸】

當晚，夜色漆黑不見五指。

雖然四下無風，但倒也沒多悶熱，只是依舊教人感到渾身一股難以言喻的不適。

百介感到夜色益形黑暗。

一股教人心神不寧的氣息不斷從背後襲來，令人難耐的炙熱也持續在肚子裡湧現，雖然一切都讓他感到坐立難安，但他仍耐著性子強忍著。

四下靜得出奇。

榮吉依照又市指示趕往白菊寶殿的候客房，鉅細靡遺地向父親亨右衛門稟報了白菊的生平。

但亨右衛門依舊不為所動。

即使聽到白菊早已亡故，他也是既不驚訝亦不否定，也沒顯露一絲憤怒或傷悲，只是似乎接受這事實般的說了一句：

是麼。

因此榮吉向百介表示，白菊實為彼岸亡者，父親或許早已知情。

難道他早已知悉白菊乃他界亡魂？

明知如此，卻依然動情？

若是如此——百介認為此事果然不可為。若模糊了生死界線，人豈不是將失去應有的立足點而徬徨不已？仔細想想，這界線還真是極其曖昧，但百介認為正因其如此曖昧，才非得劃界分明不可。

金城屋動員了全體夥計，準備對付這妖魔。

鳶口（註41）、盛了水的水桶以及洗衣盆等道具亦已悉數備妥。

這一切當然都是為了防範那妖魔即將帶來的災厄——也就是火災而準備的。金城屋是個大商家，為數眾多的夥計悉數穿上印有帶圈「金」字的半纏，沿著圍牆一字排開的光景，看起來果然壯觀。與其說是準備滅火，看來倒像是重兵警戒。

不過仔細想想，這規模浩大的場面不都是依照御行又市的建議張羅的？雖不至於能讓每個夥計都相信有妖魔將至，但大夥兒畢竟還是照他的話準備了這個排場。可見這小股潛這回將他的舌燦蓮花施展得多麼淋漓盡致。

百介本人——亦是半信半疑。

又市口才雖巧，但也不至於胡謅瞎掰。
雖然事實出自其口，或許已經過一番蓄意拼湊，但在他光怪陸離的陳述中，必定還是隱藏著幾分真相——此乃百介與又市往來至今，所體認到的心得。
因此。
百介開始思索了起來。
白菊早已不在人世應為事實，但有另一女冒用其名製造紛擾亦是事實。
一個亡命幽魂竟能與富商巨賈相戀成婚、與歡場女子發生爭執遭地痞流氓拘捕、還在花街柳巷拉客——這一切聽來都是那麼的不可能。
——其中必定有個騙子在作祟。
絕對錯不了。
那麼。
這個人物，或許該說這號妖魔……
今夜必將現身。
這個大場面究竟是為了什麼而準備的？又市是絕不會做出任何無意義的舉動的。
百介朝庭園望去。
只見御行又市的雪白身影，在早已為一片黑暗所籠罩的庭園中清晰浮現。

註41：木棍前端裝有狀似鷹嘴之鐵鉤的工具，原本用於移動木材，江戶時代常被當成防止火勢延燒的滅火工具。

究竟會發生什麼樣的事？

百介嚥下了一口唾液。

百介身旁坐著平八和榮吉。背後則站著店內的所有掌櫃與夥計，全都眼也不眨地定睛凝視著白菊寶殿屹立在黑暗夜空中的漆黑威容。

寶殿裡頭——僅有亨右衛門一人。

如今，這棟建築物已為符咒與眾多夥計給重重包圍，若來者還能闖入——就證明她絕對不是人，必定是個妖魔無疑。

雖然來了這麼多人，四下卻靜得出奇；因為大家全都屏住了氣息，唯一能聽見的，只有衣物偶爾在榻榻米上摩蹭的聲響。

一顆流星飛過。

「來了。」

又市簡短地說道。

這下百介不禁懷疑起自己的眼睛。

暗夜中，宛如一座小山的碩大屋頂已然化為一團連建材是檜木皮都看不出來的黑影。

上頭竟然站著一個人。

「那、那是……」

是一個女人。

穿著一身鬆垮白衣的女人。

「白……白菊！」

感覺似乎還聽得到她的笑聲。

雖然理應是聽不到才對。距離實在是太遙遠了。

百介向前探出身子，步出屋子走向庭園。

榮吉、平八、以及掌櫃夥計們也一個接著一個走到了屋外的庭園中。

一道怪異的燐光籠罩著那個女人。

她絕不是個人。

看起來太不對勁了。

——她。

「絕不是個血肉之軀」。

在有了這個確信後，百介彷彿被澆了一桶冷水似的，頓時感到一陣毛骨悚然。其他人也是個個一臉驚懼。

只見那女人的輪廓開始變得益顯清楚。

彷彿由哪兒射來的一道光映照著似的，她那異常蒼白的臉從黑暗中清晰浮現。

接著，臉頰上突然泛起了幾許紅光——

難道是個活人？

不對，那紅光是——

「那是火。」

又市說道：
「寶殿——開始起火了。」
一股騷動宛如漣漪般，在一行人之間擴散了開來。
同時還傳來陣陣爆裂聲響。
「火——失火了！」
原來那女人的臉頰，是被通紅的烈焰給染紅的。
白菊寶殿——已經從屋內開始燒起來了。
從天花板竄出的火舌映照在那妖魔蒼白的臉頰上，也將屋頂燒成了一片焦黑。
「哇——」
人群中傳出陣陣聽不出是嘆息還是哀號的呼喊。
轉眼間，那妖魔也為團團烈焰所吞噬。
猛烈的大火朝黑暗的夜空中吐出陣陣濃煙，妖魔的軀體也在燃燒。
雖然自己也為烈火所包覆，但她竟絲毫不為所動，彷彿只是將火炎當成衣裳披在身上般地俯視著百介一行人。
呵呵呵呵。
她笑了。
一行人頓時失聲驚叫。
掌櫃夥計們這下終於相信，那御行所言竟然是真的。

包覆著那妖魔的熊熊烈焰很快就延燒到了屋頂。這下——易燃的檜木皮屋頂不出多久便整個為烈焰所吞噬，傾刻間便化為一片火海。

夜空——

宛如地獄之門被打開了似的——

被染得一片通紅。

一切都發生在轉眼之間。

「父——父親大人！」

榮吉飛也似的跑向前去，百介則緊隨在後。

只消一眨眼的工夫，曾經過充分乾燥的高級建材便吸足火氣吐出烈焰，寶殿傾刻間便化為一大團火球。四下瀰漫著陣陣熱氣、焦味、與煙霧，不時還傳來陣陣爆炸聲響。

「父、父親大人！」

直沖天際的熊熊火光。

哇——

竟是如此絢麗奪目。

整棟寶殿均為地獄業火所吞噬。

榮吉黝黑的背影奔向寶殿大門。寶殿周遭挖有一道壕溝，上有一座通往入口的石橋。榮吉在橋上奔馳。

百介——則開始躊躇不前。

畢竟火勢實在是過於猛烈。

臉頰上感覺到一股難耐的灼熱。

好幾位夥計從裏足不前的百介身旁跑過，試圖攔下榮吉。

「老闆——請止步！」

「說什麼傻話？你們的老闆在屋內呀，我不過是——」

「不，少爺就是我們的老闆。十年來，這家店可是全憑少爺才得以維持下來的——一切都是少爺的功勞。」

「別說了！別再說了！難道你們——就忍心眼睜睜地看著父親大人……」

一群男人們就這麼在橋上拉扯著。

每個人——都被染成一片橘紅。

火星宛如煙花般從天而降。

此時突然傳來一陣轟隆巨響，似乎有什麼東西倒塌了。

只見屋頂業已傾斜，一道巨大的火柱直衝雲霄。

原來是屋樑被燒垮了。

那妖魔也——

緩緩地。

墜落了下去。

呵呵呵呵。

她還在笑。她——絕對不是個人。

鈴。

此時傳來一聲鈴響。

大家紛紛朝鈴聲的方向望去。

只見有個人正蹲在傾圮寶殿前方的橋墩旁。

又市則站在他的前方。

「御行奉為——」

大夥兒不禁發出了一陣驚嘆。只見那個頹喪地低垂著頭的人——竟然就是金城屋的大老闆亨右衛門。

【柒】

於亥時開始起火的白菊寶殿，在燃燒了大約兩個時辰之後，於丑時完全化為灰燼。

原本極盡奢華之能事的寶殿，就這麼在一場火中付之一炬，整棟被燒得無影無蹤。

看來其中的傢具擺設也悉數為易燃的高級材質，這下全都被燒得一點兒也不剩。現場與其說是個曾遭祝融肆虐的廢墟，反倒還更像是一片荒蕪的空地。

不知是又市的護符靈驗，還是事前周全的防火準備奏效，這場火絲毫未波及周遭，從金城屋的主屋到鄰近的民宅，都沒受到任何破壞。

起火當時四下無風、寶殿周圍挖有壕溝、再加上四周有松樹等樹木的隔離，種種條件均幸運地降低了這場火難的損害。

而且，也沒有任何人喪生。

雖然烈焰傷及亨右衛門的顏面局部與背後等部位，但全都不過是無大礙的輕傷。為此，那御行宣稱是少爺的運氣救了老大爺一命。

也曾有大群捕吏聞風趕來，但到頭來還是沒能查出失火的原因。

到頭來，這場火結論仍是——原因不明。

以榮吉為首，金城屋上至掌櫃、下至夥計，全都異口同聲地證言火是一個天外飛來的妖魔所放的。百介雖然也如此解釋，但一行人的證言到頭來似乎還是沒被採信。當然，也沒找著那妖魔的屍骸。

唯一能證明的，僅有從當晚的情形看來，這場火絕無任何人為縱火的可能。

經過一番討論，到頭來整件事便以亨右衛門不慎引火作結，亨右衛門為此受到官府嚴厲的斥責。火勢雖未波及周遭，但畢竟引起了一陣騷動，罪狀可謂不輕。

只是由於他自己差點賠上了性命，官府決定斥責他一頓後，便不再繼續追究。

倖免於難後，亨右衛門彷彿擺脫了附體妖魔般整個變了一個人，除了數度為自己的荒唐行徑向家人和夥計們致歉，還宣布家業悉數轉由兒子榮吉繼承。親屬和夥計們對此當然是毫無異議，

反正在這段時日裡，榮吉早已成了實質上的老闆。

亨右衛門從此退居幕後，開始過起隱居生活。他決定剃度在家修行，利用剩餘的人生為白菊祈禱冥福。

正式當上了大老闆的榮吉，對平八、百介、尤其是又市滿懷感激，不僅動員店內大大小小盛情致謝，還奉上了為數不少的禮金。百介與平八均表示只取旅費，執意婉拒了其他酬勞，但又市卻罕見地照單全收。

看來，布這個費事的局，想必是耗費了他不少銀兩。

接下來——

百介一行人便向金城屋辭行上路了。

「蓋了棟那麼奢侈的屋子，眼睜睜看著它一晚就給燒了，竟然還不痛不癢的——這家人的財力可真是教人瞠目呀！」

平八在山路上止步說道：

「不過，小弟實在是弄不懂。那女人果真是個妖魔？」

百介看向又市問道：

「這會不會又是先生所設的局？」

又市笑著回答：

「屋頂上那東西——其實是阿銀的傀儡。」

傀儡？站在前方的平八失聲喊道。

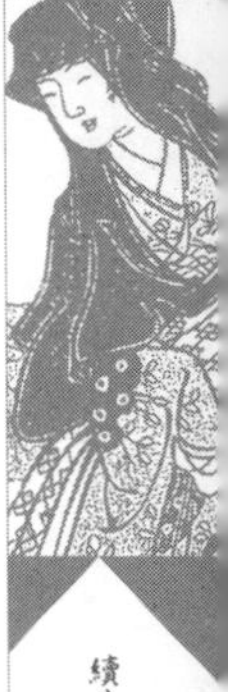

這下終於弄懂了她的模樣何以如此怪異。

原來根本就是個沒有魂魄的傀儡。難怪烈火焚身時依然面無表情，既沒喊叫也沒展現任何痛楚，臉上看不出絲毫動搖——想必它已經被燒成了灰燼。那麼……

當時聽到的女人笑聲究竟是——

「難不成——阿、阿銀小姐也來了？」

阿銀是個和又市同夥的小惡棍，平日以演出傀儡戲營生。

百介環視了周遭半晌。但這些傢伙到底藏身何處，哪是一般人看得出來的？

阿銀早就上路了，又市笑著說道。

「她還有點兒事，得及早趕到淡路島。」

「淡路島——？」

「其實，那傀儡在先生一行人抵達以前，便已安置妥當。當時阿銀那丫頭還直抱怨自己怕高呢。」

「不、不過，事前怎沒被人瞧見？」

你說是不是？說完百介轉頭望向平八，只見平八也是驚訝得啞口無言。

「在晝間很難瞧見。畢竟那傀儡的衣裳和臉孔都是一片雪白。傀儡上頭塗有一層逢暗處便發光的釉藥，因此僅在入夜後才看得清楚。總之，任誰也想不到上頭會有那麼個東西，自然不會有人仔細往屋頂上瞧。」

這麼說來——

第一個注意到的正是又市。
來了——
當時他正是以這句話，吸引眾人將目光轉移到屋頂上。
這麼說來——
「難不成——又市先生，縱火的該不會也是——？」
這種玩笑可開不得呀，先生——又市語氣誇張地否定道。
「放火這種駭人的勾當，小的可不會幹。總之那把火並非小的放的。其實為寶殿點上那把火的，是亨右衛門先生本人。」
什麼——平八失聲驚呼道。
「為、為什麼亨右衛門先生要放這把火？難道是聽到了白菊的死訊後，決意以自焚捨……捨命相隨？」
「非也。兩位或許有所不知，那棟屋子打一開始，就是為了準備放火燒掉而建的。」
「什——什麼？」
他究竟在說些什麼？
「若非如此，小的這回也不會設出如此冒險的局。若稍有閃失釀成大火，豈不萬事休矣？兩位應該也目睹那場火燒得是如何猛烈，竟然連一片火星都沒飄到他人的土地上。」
「噢——的確是如此……」
難道火勢未曾延燒，並非滅火準備周全、亦非護符顯靈所致？

百介問道。滅火準備可是當真的，又市回答：

「畢竟一個局設得再周密，也可能有個萬一。因此事前仍應做好萬全準備，以防屆時有任何閃失。護符當然不具任何法力，但滅火準備是絕不可欠。雖然一切順利完成，但當時若起了風，結局將是如何，就連小的也說不出個準頭。幸好昨夜的情況讓大家無須採取任何滅火手段。」

「還是不懂。」

還是不懂麼——又市解釋道：

「先生，那棟寶殿原本就是以火勢再大，也不至於延燒他處的方式搭建的。壕溝、松林，一切均乃為此目的而設，想必就連最早的圖面，都是以起火時不至於波及旁人為優先所繪製的。由此可見亨右衛門先生是何等宅心仁厚。」

「宅心仁厚？這下小弟更是不解了。亨右衛門先生究竟是為了什麼蓋那棟屋子的？」

又市的眼神在轉瞬間黯淡了下來。

「一切都是——為了白菊。」

「為了白菊小姐？」

「與其說是為了白菊，不如說是為了那個冒用白菊名義進行誆騙、甚至真正化身為白菊的女人——」

「這白菊小姐果真是個冒牌貨？」

這我可就迷糊了，百介先生。平八問道：

「先生這句話可是教我聽得丈二金剛摸不著頭。這白菊怎會是個冒牌貨？」

「難道平八先生忘了？白菊在新町時曾切過指頭，但在尾張出現的白菊竟然是一根指頭也沒少。指頭砍了，是不可能再生出來的罷？」

「若是如此，這、這豈不證明——她的確是個妖魔？」

「這白菊——真是個妖魔？」

百介向又市徵詢結論。

但又市只是別過頭去，什麼也沒回答。

「若說那白菊其實乃另一人，如此解釋較能讓人信服罷？」

是麼？說得也是，平八說道。看來他也完全中了又市的計了。通常是沒人會相信妖魔這種解釋的罷？

「另有一女和白菊互換了身分。」

「是在何時、何處互換的？」

「這小的也不清楚。不過唯一可能的，應該就是在橡屋婚宴那晚罷。」

「噢。但是——是誰冒用了她的身分？」

「小的——」

又市瞇起雙眼眺望著遠方說道：

「在七年前曾和這女人照過面。」

「先生所指的——可就是那冒牌的白菊？」

「人沒什麼冒牌不冒牌的，不過就看誰搶到這名字。小的只知道自己曾見過的，是個口操京

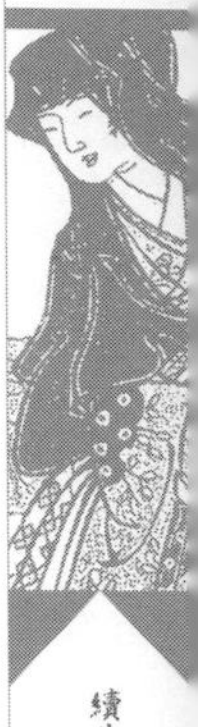

都腔、自稱白菊的女人——如此而已。」

「七年前，不就是吉原鬧火災後的事兒？這麼說來，那女人——也就是又市先生所見過的白菊，當時已經不是個歡場女子了罷？」

「並非歡場女子——」

而是一介無賴，又市說道。

「無賴——？」

「當時，這白菊正與一名曰桔梗的女人聯手，四處為惡。」

「為惡？」

「女人所能為之惡——豈不就是美人計一類的？」

平八故作聰明地插嘴道。可不只這麼簡單，又市回答。

「那麼——難道是勒索什麼的？」

「沒錯，這種事她們也幹。不過她們倆全都患有駭人的宿疾。」

「宿疾？」

「那與白菊同夥，名曰桔梗的女人有個可怕的癖好，就是一見人血，便能感受到無上愉悅。」

「人血——？」

又市蹙眉說道。

「是的。至於白菊——則喜歡燃燒的烈火。」

「喜歡？不是討厭麼？」

「不，是喜歡。光被抱在男人懷裡她是毫無感覺，但一看到火——馬上變得神智恍惚。詳情小的也不清楚，但據說她只要一見火，便好像渾身骨頭都酥了似的。火燒得愈猛烈，便能教她感受到愈多淫靡的歡愉。到頭來兩人光是勒索什麼的已無法滿足，非得使盡巧語柔情把男人給騙上鉤——而後下毒手誅殺，飲盡其血，再將死骸燒卻棄之。」

「這——難不成她們倆就是……」

平八向又市伸出指頭說道：

「白虎阿梗與朱雀阿菊？」

先生也聽說過？又市問道。

「是曾聽……聽說過。據說此兩人乃稀世惡女——鍾愛生飲男人鮮血，再為其穿上引火衣裳焚燒致死。」

這麼說來，平八倒是曾提起過有女人有此類性癖。

「此兩人中之朱雀阿菊——正是白菊。」

「原來她——是如此惡女？」

這下聽來她像是又變了個人。

婚宴當日逃婚的新娘子；與地痞流氓大打出手的流鶯；貌美絕倫的吉原名妓；為負心漢飽受相思之苦的癡情女子；飽受丙午迷信迫害的苦命女人。

這下又成了個為惡人間的飛緣魔。

一個焚燒男人致死的惡女。

白菊這女人的真面目果然教人難以捉摸。

「原……原來如此。這麼說來，難道白菊這女人是因數度遭逢火難，不知不覺間喜歡上了火——？」

「並非如此。」

「又市先生該不會認為，白菊小姐因生於丙午，而真的迷戀上火罷——這可不像是又市先生會作的解釋呢。」

「小的也不相信此類迷信。大致上而言——真正的白菊小姐的確是生於丙午，但朱雀阿菊則不是。」

「噢。」

果不其然。

這白菊果然是另一人。

「這第二個白菊——實乃生於丙午之翌年，實際出身為京都白河某木材大盤商——白木屋之千金，本名龍田。」

「什麼——？」

良順曾提過這名字。

「她不就是白菊小姐的——」

「兩人乃兒時玩伴的舊識，曾一同學習歌、舞、與三味線。」

「就是這龍田——冒用了白菊的身分？」

「是的。這已是很久以前的往事了，因此兩人關係好壞已難查證。不過根據小的耳聞，龍田對白菊其實是恨之入骨。」

為何要對一個童年舊識恨之入骨？

「原因乃兩人不論容貌、技藝均平分秋色，但龍田凡事硬是略遜白菊一籌。」

「略遜一籌——？」

「小弟懂了。想必箇中原因，乃白菊為貴人之後是罷。出身上的差別，可是再怎麼努力也追不上的。」

平八如此一說，又市便瞇起雙眼回答：

「其實家世出身與人的優劣勝敗理應無關，若是贏不了人，必有贏不了的理由。只是龍田這女人——當時不過是個小姑娘，因此硬是無法理解箇中道理。」

「意即，龍田認為白菊小姐之所以廣受周遭稱許，乃因其為貴人之後使然？」

或許就是如此，又市繼續說道：

「眼見白菊小姐早自己一步雀屏中選服侍大名，教龍田妒火中燒。聽到她開始工作，更是讓龍田忿恨難平。不過，就在此時……」

「白菊小姐遭逢出乎意料的不幸——？」

眼見白菊備受殿下寵幸，旁人為其美貌倍感威脅，故為其烙上丙午之烙印，以此為由將其逐出大名宅邸。

即使白菊自身並未犯下任何過錯。

「未料這場大名宅邸中的紛擾，不僅毀了白菊小姐，亦改變了龍田的一生。龍田這下發現白菊小姐雖出身尊貴，竟是生於丙午——」

「原來如此——」

原本——

龍田一心認為白菊之所以備受寵幸，乃拜其家世之賜。

這下，龍田發現她這出身，反而可能是個可供自己利用的把柄。

還不僅如此，又市說道：

「就連白菊老家的火，也是龍田放的。」

「什、什麼？」

平八聞言，連忙繞到又市前方問道：

「但白菊小姐——不是因失寵才被送回老家的？在這種時候為何還要落井下石？難道龍田真的恨她到這種地步？」

「白菊小姐返鄉後備受同情，教龍田更是看不順眼。集眾人憐憫於一身的白菊小姐，在龍田眼中更是肉麻得教人難耐。」

「噢。」

「丙午之說不過是個迷信，這道理任誰都知道。但人愈是知道這點，愈是善於利用這種無稽之談對嫌惡之人施以打擊。白菊這姑娘天生人見人愛，這下卻硬被套上個莫須有的罪名給攆了出來，境遇如此悲慘，在旁人眼中看來當然是倍感同情，深為白菊竟以此無稽迷信為由遭到排擠而感到不值。」

「這卻教龍田看不順眼？」

「或許正是如此。不過，若教大家相信這迷信屬實，情況便將大不相同。因此龍田開始縱火，並四處散布火難乃肇因於白菊生於丙午的流言。」

聞言，百介拉正了衣襟。

只因這些話教他覺得要比任何怪談都讓人毛骨悚然。當年龍田和白菊不都只是十六、七歲的姑娘麼？

「一如龍田所期望的，這謠言傳了開來，白菊因此被攆出故鄉，淪落到京都下海賣身。但人萬萬不可為惡，數度縱火——到頭來竟喚醒了潛藏龍田心中的『駭人癖好』。」

駭人癖好——

就是她那嗜火如命的性癖？

「至於白菊小姐則是不為不幸境遇所餒，下海之後還是成了名聞遐邇之名妓，坐擁大批常客，甚至不乏自願為其贖身者，遠播的花名甚至傳到了京都——」

龍田的妒火亦再度為此死灰復燃——？

「想必龍田原本認為哪管她桃花再怎麼旺，區區一介賣身女身邊男人再多，悉數也不過是恩客。只是，白菊卻有了個真心相許的情郎。」

「亦即——橡屋清八？」

「是的。這下龍田可就不服氣了，因此下定決心來個橫刀奪愛，試圖阻撓白菊的這段情。」

「如此說來，前來找清八提親的對象正是龍田？」
「是的。橡屋為泉州之木材行，龍田老家白木屋則為京都之木材大盤商，兩家若能聯姻，絕對是有利無害。龍田執意向爹娘表示自己對清八是一見鍾情。對橡屋而言，此亦不啻為一段良緣，至少要比換得與賣身女糾纏之醜名要好得多。據說龍田為拉攏長輩收買人心，於婚宴前便已入住橡屋。」
捎了幾封信給他，每封都是拆也沒拆就給退了回來——
即便剪下頭髮、切下指頭寄去——
「因為全都教龍田給扔了。她的胡作非為最後還讓橡屋裡的每個人全都教她給拉攏了。」
「那麼，新町花街那場火也是——？」
「正是龍田放的。」
「但良順先生卻表示是清八放的——？」
「是她『逼迫』清八放的。」
「逼迫？」
又市點了點頭。
「清八也不是個傻子，至少知道自己身處的是什麼樣的情況。倘若拒絕與龍田這門婚事，結果將與放棄繼承家業無異。放棄所有身家財產選擇白菊，到頭來能走的路，大概僅有相偕殉情一途。那和尚似乎認為清八當時為兩女之間該作何取捨猶豫不決，但小的可不做如是想；清八其實早已下了決心，只是白菊尚不甘就此放手。對龍田而言，清八作何考量根本是無足輕重，只要能

讓白菊受盡折磨，目的便已完遂。因此，龍田便想出了一個餿主意。」

放把火。

而且，把她給攆走。

不過……

「不過，又市先生。小弟實在不解這龍田打的是什麼主意。即使此舉能順利將白菊小姐給攆走，卻也逼得自己下嫁一個毫無感情的夫婿不是？豈能只為了個人憎恨，欲讓對方受盡折磨——便如此草率地與人成親？小弟認為此舉絕不划算。」

「龍田她——」

壓根兒沒有半點與清八成親的打算，又市說道。

這究竟是怎麼一回事？

不對。

「且慢——」

原來如此。

百介差點兒給忘了。

那拋棄了白菊的負心漢，不是已在婚宴當日葬身火窟？

而且是與其親屬與新婚妻子一同喪生——

「難道龍田——也就是新娘子，在婚宴當晚『並沒有死』？」

「沒錯，當晚喪生者正如小的在庭園裡所說——是白菊。」

已非此俗世之物——

白菊小姐——

在橡屋清八的婚宴當日——

連同許多人葬身火窟——

「不過，龍田設的究竟是個什麼樣的局？難道她早已料到白菊會在婚宴當晚前來尋仇，而且還會縱火？這種事理應只有白菊小姐自己知情才是。若這經緯並不確實……」

難道真正經過並非如此？

很遺憾，並非如此，又市說道：

「白菊小姐並不是個有復仇之心的人，更不會狠心讓無辜者遭池魚之殃。」

「那麼……」

「那把火也是龍田放的。」

「是新娘子自己放的——？」

「龍田一開始就將一切都盤算好了。她既沒打算嫁給清八這個窩囊廢，而且——也沒打算要讓白菊活下去。」

「最後，就讓兩人雙雙葬身火窟？」

「難道，她打算將一切嫁禍給丙午出生的白菊？」

這下平八變得一臉茫然。太駭人聽聞了。

這種事——實在是太駭人聽聞了。

「那麼，她是如何將白菊小姐給誘來的？」

「用什麼法子小的是不知道。說不定白菊小姐聽到摯愛的情郎將和自己兒時玩伴的舊識成婚，便決定原諒一切——前去恭祝這對新人也說不定。」

若果真如此，還真是一場天大的悲劇。

不過，想必白菊對一切都不知情，大概作夢也想不到降臨自己身上的所有不幸，背後竟然都是有個人在興風作浪，而且這號人物竟還是和自己一同長大的龍田，這絕對是她始料未及的。

這麼說來——

「因此……」

又市低聲說道：

「整件事就這麼被解釋成由於白菊小姐對清八恨之入骨，故化為厲鬼羅剎前去尋仇——」

——此乃飛緣魔這說法的由來。

「接下來的，就和先生知道的差不多了。」

噢。

接下來，龍田就成了白菊。自幼亟欲迎頭趕上，卻老是功敗垂成，這下她終於得以逐步追上白菊——也就是頂替她的身分。

而且她這目的——還是以世上最駭人聽聞的方式達成的。

「頂替了白菊身分的龍田，在看到婚宴慘遭祝融肆虐、無處逃竄的賓客相繼葬身火窟時，想必心中並未感到一絲罪孽、悲憫或恐怖。那個女人當時必是完全沉浸在歡愉當中，興奮得無法自已罷。」
這實在是太教人難以置信——
「那麼龍田——不，白菊後來上哪兒去了？」
「這女人可精明了。臨行前她盡可能搜刮了店裡的銀兩，也沒換下婚服就逃逸無蹤了。想必是騎馬逃走的罷，而且能逃多遠就逃多遠。後來棄馬徒步上山，最後到了若狹的山中。」
「噢！」
平八失聲大喊：
「這不就是——？」
那身懷巨款倒臥山中的新娘子？
「沒錯。十二年前，在若狹的山中被人救起的狐狸新娘——正是龍田。當時她就打定主意，準備在當地生活到風波平息為止。不過，她的宿疾又再度復發了。」
「那兒也開始失火？」
每晚從各處竄出怪火——
「她就是無法克制這縱火狂疾。不過當地非京都大坂，畢竟是個窮鄉僻壤，幹這種勾當可就容易被撞見了。因此，難以克制縱火衝動的龍田——」
「就這麼——逃到了尾張？」
畢竟她已經無法返回京都或大坂——又市說道。的確，回到可能有人認得她的地方，不啻是自投羅網。

「這下若要餬口，最快的法子就是賣身。而就在這時……」

「她結識了金城屋的大老闆？」

「金城屋的大老闆——這可是個不可多得的金龜婿。精明過人的龍田，想必是耍盡各種手段將他給吸引上鉤。要騙過一個木訥的正經人，對她來說根本是輕而易舉。到頭來亨右衛門的身心俱為龍田所擄。但是……」

「但是又怎麼了？」

她那愛放火的老毛病又犯了？平八問道。

「這毛病她哪能克制？龍田——不，白菊這下又開始偷偷摸摸地在店家周遭放起火來。店內的夥計根本料想不到，這些火全是即將成為老闆娘的龍田所放的。不過，當時還是有個人猜透了真相。」

「此人可是——亨右衛門先生？」

「是的。不過這位老大爺宅心仁厚，在發現龍田的怪異行徑後，便知道這是個心病。即使如此，他並未將這女人逐出家門，反而對她更加關照。」

「更加——關照？」

「這心病雖無藥可醫，但也不能任其妨害他人。因此——」

「難道——他該不會……？」

又市點頭說道：

「若龍田沒在婚宴之日逃婚，亨右衛門先生想必會如此告誡：有此心病亦無須掛念，若真無

法克制，想放火就請盡情放個痛快。只要娘子願嫁吾輩為妻——」

噢——百介失聲大喊。

「吾輩願造『一棟宅邸供娘子縱火取樂』——」

這就是那棟……

原來是這麼一回事兒。

那毫無目的的無謂浪費——原來竟是有目的的。

「小的猜想——亨右衛門先生直到婚宴當天，才讓白菊知道自己對她這宿疾早已知情。」

「意即在婚宴當天才向她表白——？」

「想必他原本準備告訴她：娘子的心病吾輩已略有知悉，但絕不會因此而對娘子有任何嫌棄——想必她絕料不到這位老大爺竟是如此癡情罷。一個對於欺瞞詐騙毫不心虛者，要相信他人原本就是難上加難，這下嗜火如命的宿疾又讓人給發現了，教她擔心起過去的惡行可能會被揭露。這下，白菊再次被迫逃離。」

因此，便在婚宴當天銷聲匿跡。

「亨右衛門先生為此悔恨不已。他對白菊曾幹過哪些殘酷的勾當是一無所知，僅將她當作一個難以抑制縱火欲望之心病的可憐女人。想必除了暴露出這嗜火如命的老毛病，白菊平日必定佯裝自己是個清純謙虛的好女人。亨右衛門先生想必是認為，白菊之所以摒棄這門婚事，乃是為自己的怪病感到羞恥使然罷。」

「這解釋——可說得通？」

想必他是這麼想的。

「由此可見亨右衛門先生是多麼的心疼。這位老大爺認為，白菊的病只有自己能救。」

當然只有他能救。

還有哪個人有能耐為一個縱火成癡的女人築屋，只為供其放火作樂？這心病若無藥可醫，除了他當然是無人能救。

「不過，此事他絕口不向他人提及。除了懊悔自己當初說出了那番話——同時也為了沒能救得應救的女人而悔恨不已。若任其在外漂泊，宿疾復發時該如何是好？說不定這下已經在哪兒遭到拘捕——每次一這麼想，他就徹夜難眠。縱火依法須判死罪，定讞後大多判處火刑。如此一來，自己不就成了害死白菊的罪人？更何況她還是自己難忘的摯愛。這——」

已經不是個普通的相思病了。

這苦惱——就這麼糾纏了他整整十年。

接下來——

「接下來，他就聽到了白菊仍活著的消息？」

「是的，因此——」

一切均已準備妥當——

這回都將合她所望——

原來這兩句話是這個意思，而非單純出自對伊人的留戀。

合她所望指的就是縱火，準備妥當指的則是那棟屋子。

意即已為她蓋了一棟「供她焚燒取樂」的屋子，只等她回來——

「因此，先生才設了這麼個局？」

「若據實告知白菊已死，他想必不會相信。因此小的才假先生之手，將白菊一生不幸的零星片段串連起來，並將其轉告亨右衛門先生。接下來——」

「就準備了那幕飛緣魔的戲碼？」

「是的。其實早在前一晚，也就是夥計們開始戒備前，阿銀就偷偷潛入那棟寶殿，在熟睡中的亨右衛門先生耳邊悄聲告知——」

亨右衛門老爺——

奴家將於明晚歸返——

屆時，還請老爺起大火迎之——

「噢——這就難怪……」

難怪亨又衛門聽到白菊已死時，既不驚訝亦不否定，讓榮吉納悶父親是否早已知情。原來極可能是他以為自己前一晚曾作了這麼個夢，因此才願意相信她終究還是死了。

也不知這把火究竟是為了供養、還是歡迎這嗜火如命的可憐女人亡魂，也或許難忍心中慚愧的他，打算讓自己也與佳人共赴黃泉罷。

聽信了阿銀前一晚所言的亨右衛門，就這麼在據稱白菊將造訪的深夜，親自為寶殿點上了這把火。

由於這棟屋子在事前規劃時便以極力避免向外延燒為主要考量，想必他在縱火時心中並沒有

一絲躊躇。

然而……

「亨右衛門先生他——」

又市曾言——欲救亨右衛門一命，唯一可採取之手段，就是喚醒其自身之佛性。原來這佛性指的不是慈悲或懺悔之心，而是活下去的氣力——也就是生存的意志。

到頭來，亨右衛門選擇了活下來。

還真是個大賭注呀，又市說道：

「小的相信老大爺一定會出來。相信他非常清楚生命可貴的道理。懂得為他人之死哀悼者，是絕不會輕易尋死的。」

御行奉為。

在亨右衛門心中盤據經年的魔緣，想必在當時也被這鈴聲給焚燒殆盡。隨著那棟招來魔緣的寶殿——白菊也在這場大火中化成了灰燼。

「白菊小姐畢生坎坷，亡故至今已有十二年，至今仍未有人憑弔供養。不過今後可就不同了。想必那位老大爺——畢生之年將為她誠心追思供養。」

又市說道。

其實，真正的白菊與亨右衛門一次也沒照過面。但正如又市方才所言，由於百介的調查與通報——亨右衛門心目中的白菊與十二年前葬生火窟的白菊就此合而為一。想必又市之所以邀百介前來參與這回的局，就是為了這個目的罷。

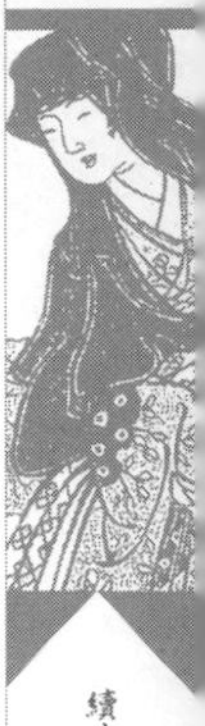

這下終於斷了這樁魔緣。

「又市先生。」

百介喊住了走在前頭的又市問道：

「請問龍田——也就是第二個白菊，如今人在何處——？」

被百介這麼一問，又市頭也沒回地回答：

「那惡女白菊——如今在北林領內。」

「北、北林——？」

平八不是不久前才造訪過北林？就是那慘絕人寰的攔路斬人橫行、位於丹後與若狹邊境的小藩。那兒不是個七人御前的亡魂肆虐的可怕地方麼？

而她人就在那兒——

平八先生——又市回過頭說道。

是的，平八恭敬地回答。

「將小的名號告訴平八先生的，該不會——就是那位居住在北林藩領內的老傀儡師傅罷？」

正是此人沒錯——這下平八的態度更是畢恭畢敬了。

「噢，小股潛這別號果然不是浪得虛名，任何事都逃不過先生的眼睛。不過，先生是怎麼知道的？那位老爺曾告誡小弟，萬萬不可將他的事張揚出去，因此小弟就連對百介先生也是隻字未提呢。」

又市聞言開心地笑了起來。這下百介可惱怒了。

「平八先生竟然還有所隱瞞，這號人物究竟是誰？」

「並非小弟蓄意隱瞞，不過是受人所託不可洩漏，還請百介先生多多包涵——不過，小弟和這位老爺也不是多熟識，就請百介先生別再動怒了。小弟只是聽聞那兒有個手藝高超的瘋狂頭師（註42），在御城下外圍蓋了一棟狹小草庵居住。當時之所以前去造訪，只以為或許能從中探聽出一些有趣的故事，如此而已。」

「金城屋的事，就是那位老師傅告訴先生的罷？」

「噢，佩服佩服，果然任何事都難逃先生法眼。由於這位老爺生性沉默寡言，為了維持對話不輟，小弟還曾下過一番努力把氣氛給炒熱呢——」

「又、又市先生，可否告訴小弟這是怎麼一回事？」

百介問道。難道其中果然另有隱情？

也沒什麼事，又市回答：

「那老爺與小的有多年交情，名曰——御燈小右衛門。」

「噢？此人豈不就是對阿銀小姐有養育之恩的至親？」

百介在去年秋天曾聽過這名字。

「沒錯。一聽到這位先生曾到過北林領內，小的就猜到是怎麼一回事了。想不到那老頭深居窮鄉僻壤，消息竟然還是如此靈光。想必他一聽了先前祇右衛門一事，便開始打探山岡百介這號

註42：專職繪製傀儡頭部的工匠。

人物是何許人也，果真是不容小覷。」

語畢，又市面露苦色，接著又說：看來這老頭絕不可能就此罷手。

「先生認為本案還未了？」

「如此判斷是八九不離十。不過在此之前，小的還有件差事得去料理；此事規模甚大，而且還頗為棘手。對了，不知先生是否方便，陪同小的赴淡路一趟——？」

「可是要小弟幫什麼忙？」

「幫小的驅除貍妖。」

語畢，又市露出了一個大無畏的笑容。

〈上集　完〉

【主要参考文献】

絵本百物語　桃山人　金花堂／一八四一年
日本古典文学大系・謡曲集　横道萬里雄他校注　岩波書店／一九六〇年
拷問刑罰史　名和弓雄　雄山閣／一九八七年
新潮日本古典集成・謡曲集　伊藤正義校注　新潮社／一九八八年
国史大辞典　国史大辞典編集委員会編　吉川弘文館／一九七九年
江戸社会と弾左衛門　中尾健次　解放出版社／一九九二年
異形にされた人たち　塩見鮮一郎　三一書房／一九九七年
竹原春泉　絵本百物語　多田克己編　国書刊行会／一九九七年

國家圖書館出版品預行編目資料

續巷說百物語〈上〉／京極夏彥作；劉名揚
譯. --初版. --臺北市：臺灣國際角川, 2008.02—
冊；　公分. --(文學放映所；44)
譯自：　續巷說百物語
ISBN　978-986-174-603-6(上冊：平裝)

861.57　　　　97000545

文學放映所044

續巷說百物語〈上〉

原書名＊続巷説百物語

作　　者＊京極夏彥
譯　　者＊劉名揚

2008年2月13日　初版第1刷發行
2012年6月23日　初版第2刷發行

發 行 人＊塚本進
總　　監＊施性吉
總 編 輯＊呂慧君
副總編輯＊蔡佩芬
主　　編＊吳欣怡
執行編輯＊林吟芳
美術副總編＊黃珮君
美術主編＊許景舜
印　　務＊李明修（主任）、張加恩、黎宇凡、張則蝶

發 行 所＊台灣國際角川書店股份有限公司
地　　址＊105 台北市光復北路11巷44號5樓
電　　話＊(02)2747-2433
傳　　真＊(02)2747-2558
網　　址＊http://www.kadokawa.com.tw
劃撥帳戶＊台灣國際角川書店股份有限公司
劃撥帳號＊19487412
製　　版＊尚騰製版印刷有限公司
I S B N ＊978-986-174-603-6

香港總代理
萬里機構出版有限公司
電　　話＊(852)25647511
傳　　真＊(852)25655539
地　　址＊香港鰂魚涌英皇道1065號東達中心1305

法律顧問＊寰瀛法律事務所